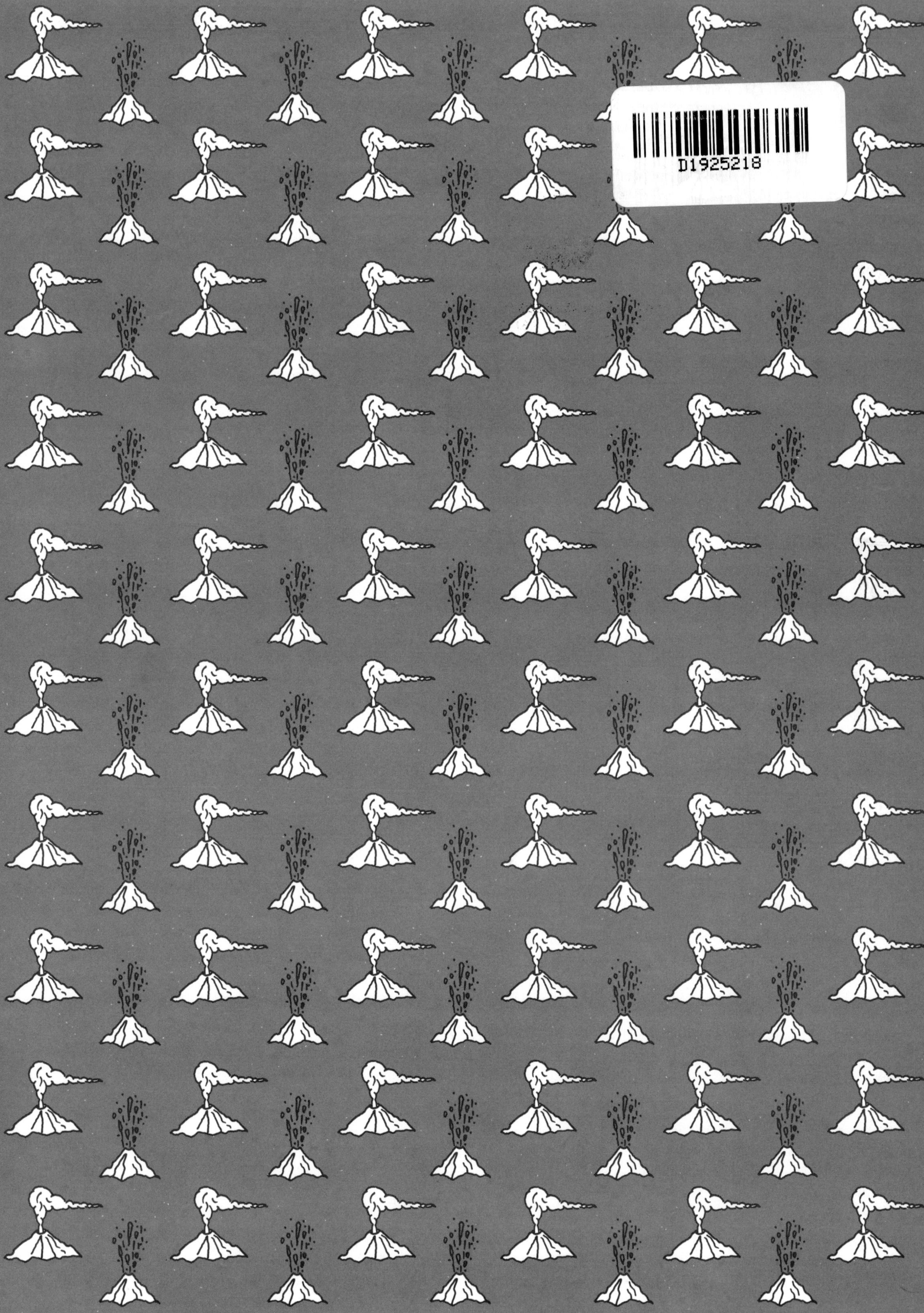

SEHEN · STAUNEN · WISSEN

VULKANE

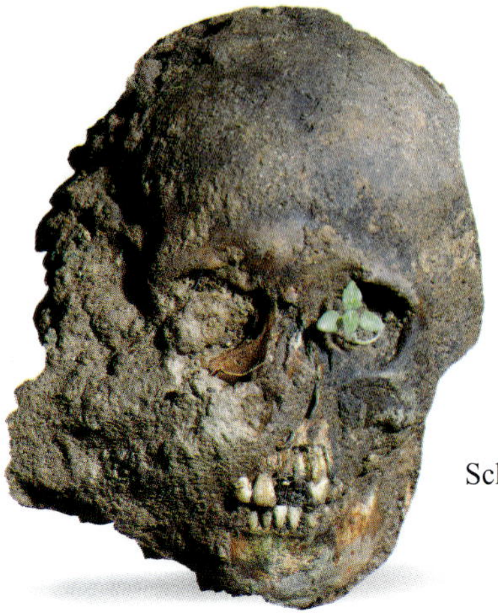

Schädel aus Herculaneum

Vulkanische Bombe

Gray-Milne-Seismograph von 1885

Schwefel

Verkohltes Brot aus Pompeji

Geschliffener Peridot

Olivin

Geschliffener und ungeschliffener Diamant

Verkohlte Walnüsse aus Pompeji

Eier aus Pompeji

Gipsabguss eines Körpers aus Pompeji

Peles Haar

Voyager I

SEHEN · STAUNEN · WISSEN

VULKANE

Feuer speiende Berge, Erdbeben, Geysire

Text von Susanna van Rose

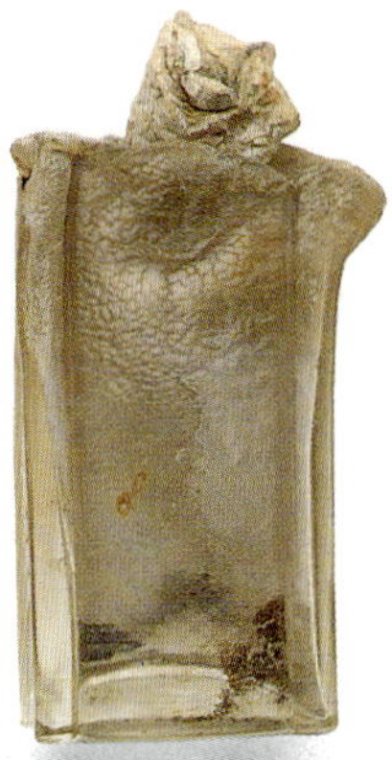

Flasche, die beim Glutwolkenausbruch des Mont Pelée geschmolzen ist

In der Glutwolke des Mont Pelée geschmolzene Parfümflasche

Seismoskop des Chang Heng

Gerstenberg Verlag

Der römische Philosoph Seneca schrieb über das Erdbeben von 62 n.Chr.

Titelblatt von William Hamiltons Buch über die Phlegräischen Felder westlich von Neapel

Beim Ausbruch des Mont Pelée beschädigte Gabel und Taschenuhr

Lavatropfsteinsäule

Bibliografische Information der Deutschen Nationalbibliothek

Die Deutsche Nationalbibliothek verzeichnet diese Publikation in der Deutschen Nationalbibliografie; detaillierte bibliografische Daten sind im Internet über *http://dnb.d-nb.de* abrufbar.

Ein Dorling-Kindersley-Buch
Originaltitel: Eyewitness Guides: Volcano

Lektorat: Scott Steedman, Helen Parker
Fachliche Beratung: Professor John Guest, Dr. Robin Adams
Layout und Gestaltung: Christian Sévigny, Yaël Freudmann, Julia Harris
Herstellung: Louise Barratt
Bildredaktion: Kathy Lockley
Fotografische Spezialeffekte: James Stevenson

Aus dem Englischen von Margot Wilhelmi, Sulingen

Satz: O&S Satz GmbH, Hildesheim
Printed in China

www.gerstenberg-verlag.de

ISBN 978-3-8369-4589-9

07 08 09 10 11 7 6 5 4 3

Kreiseltheodolit

Der chinesische Seismologe Chang Heng (78–139 n.Chr.)

Fortsetzung von Seite 11

HEISSE INSEL IM EIS
Island ist ein Land voller Vulkane und Geiser. Durch wiederholte und lang anhaltende Eruptionen hob sich die Insel aus dem Meer. Die heute noch tätigen Vulkane liegen entlang des Mittelatlantischen Rückens, auf dem Island aufsitzt.

Bewegte Platten und heiße Stellen

Die Randgebiete der tektonischen Platten sind besonders bebengefährdet und dort gibt es die meisten Vulkane. Wo zwei ozeanische Platten aufeinander stoßen, taucht eine unter die andere ab. Die absinkende Platte schmilzt teilweise, leichtes Magma steigt auf und speist Vulkane entlang dieser sog. Subduktionszone. An den mittelozeanischen Rücken weichen die Platten auseinander, flüssiges Gestein aus dem Erdmantel dringt nach oben. Doch auch abseits der Plattenränder gibt es Vulkane. Sie entstehen über sog. „Hot Spots" („heiße Stellen"), aktiven Zentren im Erdmantel.

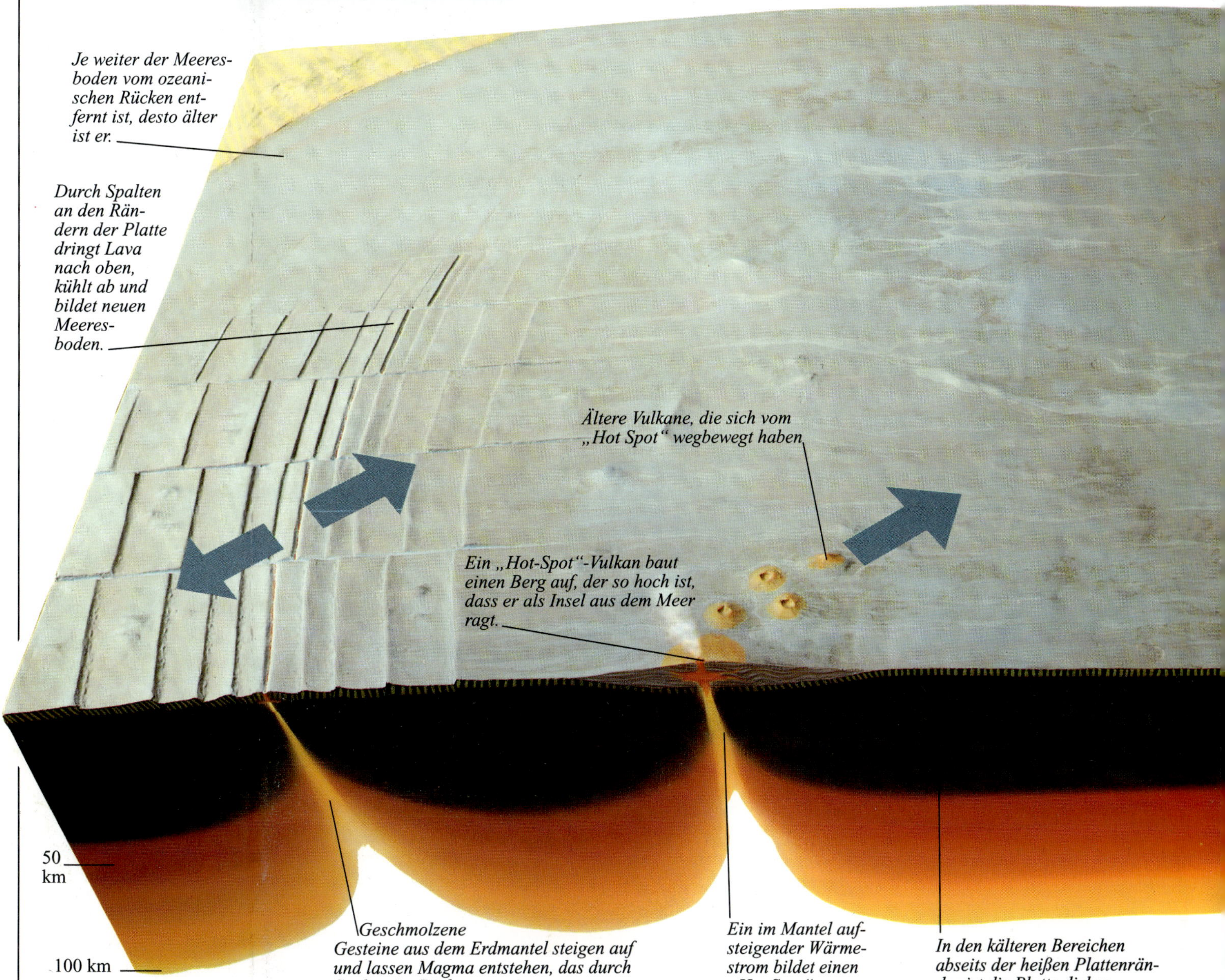

EIN RÜCKEN ENTWICKELT SICH
Wo zwei Platten auseinander driften (S. 24–25), entsteht durch einen Prozess, den man „Seafloor-spreading" (Ausbreitung des Meeresbodens) nennt, ständig neue Erdkruste. Hier steigt Magma auf, erhärtet und füllt so die Lücke auf. In den neuen Krustenteilen entstehen wieder Risse, die alten werden seitlich abgedrängt. So verlaufen parallel zum zentralen vulkanischen Rücken mehrere parallele Spalten, deren älteste am weitesten vom zentralen Rücken entfernt sind.

HEISSE STELLEN
„Hot-Spot"-Vulkane (S. 22–23) findet man nicht an den Plattenrändern. Sie entstehen durch aktive Zentren im Erdmantel, die gewaltige Magmamassen bilden. Das Magma steigt an die Erdoberfläche, schmilzt ein Loch in die Platte und bildet so einen Vulkan. Da die „heißen Stellen" am selben Fleck bleiben, während die Platte über sie hinwegwandert, erscheint es, als würden die „Hot Spots" sich verschieben.

GREIFBARE GESCHICHTE
Dieser Gipsabguss zeigt einen Mann, der ums Leben kam, als im Jahre 79 n. Chr. der Vesuv die römischen Städte Pompeji und Herculaneum zerstörte (S. 26–31). Immer wieder fördern Ausgrabungen grausige Belege dieses Vulkanausbruchs zu Tage.

LEBEN AUF DEM FEUERRING
In Japan gibt es über 70 aktive Vulkane, und es vergeht kaum eine Woche, ohne dass die Erde bebt. 1925 zerstörte ein großes Erdbeben die alte Stadt Kioto.

Wie Japan liegt auch Kamtschatka auf dem „pazifischen Feuerring“.

Island liegt auf dem Mittelatlantischen Rücken (S. 24–25).

In Alaska und auf den Aleuten gibt es häufig Vulkanausbrüche und Erdbeben.

Der Mittelatlantische Rücken (S. 24–25) ist Teil des längsten Gebirgszugs der Erde.

Die Insel Réunion entstand durch einen „Hot Spot“ (S. 22–23), der vor 30 Mio. Jahren unter Indien lag.

Die Antarktis ist von neuem Meer umgeben, das durch ständige Ausbreitung des Meeresbodens entsteht.

Mount Erebus, ein tätiger Vulkan in der Antarktis

Indonesien mit über 125 tätigen Vulkanen liegt im Grenzbereich mehrerer Platten.

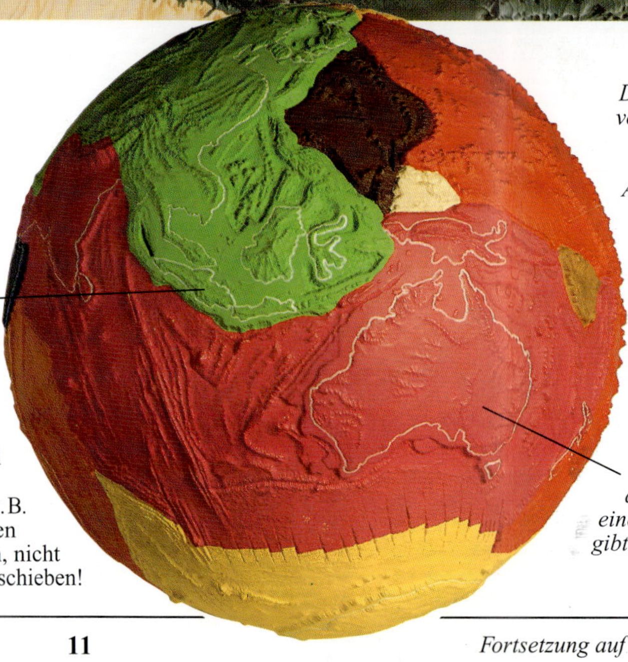

PLATTENDRIFT
Auf diesem Globus sind die tektonischen Platten hervorgehoben. Auf einer Platte können sowohl Land als auch Meer liegen. Die Australische Platte umfasst z. B. einen Großteil des Indischen Ozeans. Es sind die Platten, nicht die Kontinente, die sich verschieben!

In Australien, das mitten auf einer Platte sitzt, gibt es keine aktiven Vulkane.

Fortsetzung auf der nächsten Seite

Inhalt

Brauner Achat

Unruhiger Planet

Erdbeben und Vulkanausbrüche zeugen von gewaltigen Kräften im Inneren unserer Erde. Die meisten Vulkanausbrüche und Erdbeben sind zum Glück harmlos; sie werden häufig nicht einmal bemerkt. Doch wenn rot glühende Lava aus der Erde austritt oder ein Vulkan riesige Wolken von Asche und Gas in die Luft speit, können ganze Landstriche begraben und im weiten Umkreis alles Leben vernichtet werden. Erdbeben können Städte in Schutt und nachfolgende Feuer den Rest in Asche legen. Nicht selten kommen tausende von Menschen bei solchen Katastrophen um. Unser Planet ist kein sanftes Ruhekissen, er birgt Gefahren in seinem Inneren. Allerdings wäre die Erde ohne diese Gewalten auch nie zu einem Planeten geworden, auf dem Menschen leben können.

DER TYPISCHE VULKAN
Dieser Druck von Katsushika Hokusai (1760–1849) zeigt den 3776 m hohen schlafenden Vulkan Fudschijama in Japan. Kegelförmig wie diesen Berg stellt man sich Vulkane allgemein vor. Doch nicht alle Vulkane sind Berge. Als Vulkane bezeichnet man all jene Stellen, an denen Magma in Brüchen und Spalten (S. 24, 34) aus der Erde austritt.

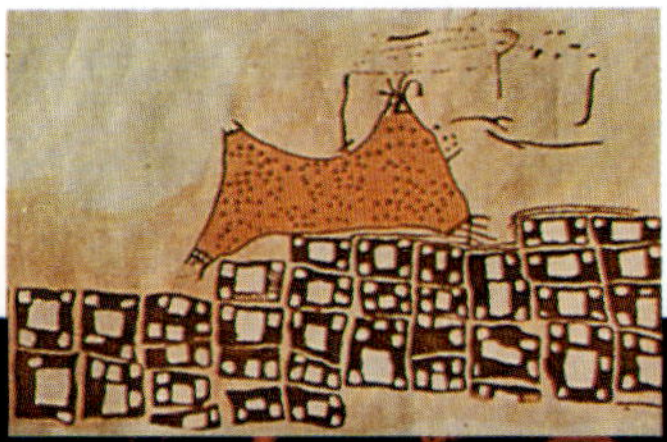

VULKAN AN DER WAND
Diese fast 8000 Jahre alte Wandmalerei ist eine der frühesten Darstellungen eines Vulkanausbruchs. Sie zeigt eine Eruption des Hassan Dag in der Türkei. Am Fuß des Berges sieht man Häuser der Stadt Çatal Hüyük.

SANDKUR
Vulkanausbrüche bringen Unheil und Verwüstung, doch sie haben auch ihr Gutes. In Japan z. B. gilt es bei verschiedenen Leiden als heilsam, sich in warmen vulkanischen Sand einzugraben.

ASCHENREGEN
Dieses Foto von einem Ausbruch des Vulkans Augustin in Alaska wurde von einem Satelliten aus sicherer Entfernung aus dem Weltall aufgenommen. Eine elf km hohe Aschenwolke regnet auf Land und Meer herab. Spuren der vulkanischen Asche (S. 14–15) können in den oberen Luftschichten um die ganze Erde getragen werden.

VERLÄSSLICH
Geiser oder Geysire sind periodisch ausbrechende heiße Springquellen. Die Abbildung zeigt den Old Faithful („der alte Getreue") im Yellowstone-Nationalpark/USA, der alle 50 bis 70 Minuten Wasser und Dampf ausstößt.

DEM TOD ENTRISSEN
Dieses Fresco von Giotto (14. Jh.) zeigt einen Jungen, der bei einem Erdbeben im italienischen Assisi starb. Eine Legende erzählt, der heilige Franz von Assisi habe das Kind wieder zum Leben erweckt.

FEUERSPEIER
Einer der höchsten und aktivsten Vulkane Europas ist der Ätna (3390 m) auf der italienischen Insel Sizilien. Aus seinem kahlen Gipfel quillt fast immer Lava (links). Gefährlich wird es, wenn die Lava aus Rissen an anderen Stellen des Ätna hervorbricht. Aschenregen über Städten wie Catania sind nichts Außergewöhnliches.

SAN FRANCISCO 1989
1906 legte ein gewaltiges Erdbeben San Francisco in Schutt und Asche. Was den Erschütterungen nicht zum Opfer gefallen war, vernichteten die als Folge des Erdbebens auftretenden Brände. Etwa alle 100 Jahre ist in dieser Gegend mit Beben solchen Ausmaßes zu rechnen. Am 17. Oktober 1989 zerstörte ein kleineres, nur 15-sekündiges Erdbeben mehrere Gebäude in Küstennähe. 62 Menschen starben.

Feuer unter den Füßen

Eine Reise zum Mittelpunkt der Erde, wie Jules Verne sie beschreibt, ist unmöglich, denn in etwa 200 km Tiefe beträgt die Temperatur 1500 °C und das Gestein ist weiß glühend. Die meisten Metalle schmelzen schon weit unterhalb dieser Temperatur. Doch durch den gewaltigen Druck im Erdinneren verflüssigt sich das Gestein erst in größeren Tiefen. Der größte Teil des flüssigen Gesteins, das bei Vulkanausbrüchen zu Tage tritt, stammt aus dem oberen Erdmantel, aus 100 bis 300 km Tiefe. Dort verflüssigt die Hitze in Magmenkammern Teile des Gesteins zu Magma. Da das Magma leichter und heißer ist als das umgebende Gestein, steigt es auf. Dabei schmilzt teilweise auch das Gestein und wird mitgerissen. Wenn das Magma einen Weg an die Erdoberfläche findet, tritt es als Lava aus.

HÖLLISCHE HITZE
Diese Darstellung der Hölle malte 1788 der Ire James Barry. Im christlichen Abendland waren solche Vorstellungen von der Hölle als Ort unter der Erde verbreitet, an dem die Seelen der Verdammten „braten".

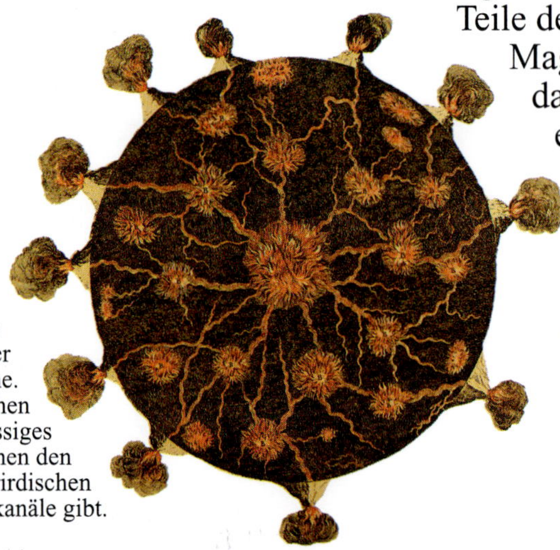

FEUERKANÄLE
In der Vorstellung Athanasius Kirchers (Stich aus dem 17. Jh.) speist ein feuriger Kern alle Vulkane auf der Erdoberfläche. Wir wissen heute, dass auf Grund der hohen Drucke im Erdinneren nur wenig flüssiges Gestein vorkommt und dass es zwischen den einzelnen Vulkanen keine unterirdischen Verbindungskanäle gibt.

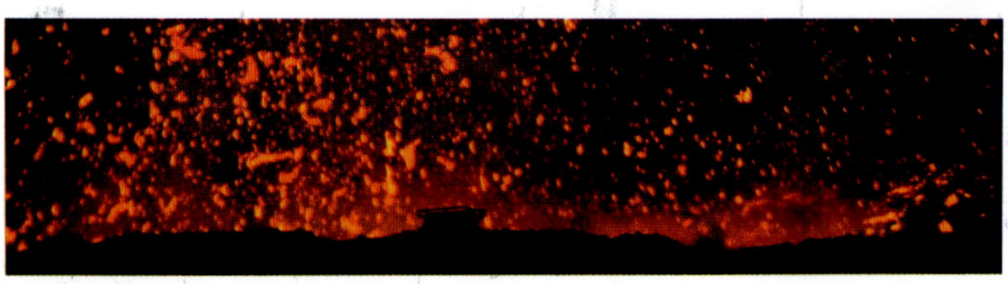

Wie ein feuriger Vorhang schießt rot glühende Lava (flüssiges Gestein) aus einem Vulkan.

BASALT
Das häufigste vulkanische Gestein ist Basalt. Das dunkle, schwere Gestein bildet den Boden der Ozeane, die drei Viertel der Erde bedecken.

HINAB IN DEN KRATER
Jules Vernes *Reise zum Mittelpunkt der Erde* beginnt mit dem gefahrvollen Abstieg in den Krater eines erloschenen Vulkans. Nach vielen unterirdischen Abenteuern gelangen die Romanhelden durch den Krater des Vulkans Stromboli wieder ans Tageslicht.

DÜNNE SCHALE
Im Verhältnis zur Größe der Erde sind die tektonischen Platten (S. 10–13) der Erdkruste nicht dicker als die Schale eines Apfels. Der Kern der Erde ist vom Mantel umgeben wie das Kerngehäuse des Apfels vom Fruchtfleisch.

GRANIT
Die Kontinente bestehen aus einer Vielzahl von Gesteinen, die meist leichter und heller sind als Basalt. Ihre durchschnittliche Zusammensetzung ist granitähnlich.

HEISSES EISEN
Reines Eisen schmilzt bei 1535 °C. Der größte Teil der Erde ist noch heißer.

EHERNES HERZ
Die Eisenmeteoriten, die auf die Erde fallen, hält man für Bruchstücke von Kernen zerfallener Planeten. Ihre Zusammensetzung stimmt mit geophysikalischen Modellen des Metallkerns der Erde überein.

DER SCHALENBAU DER ERDE
Unter der dünnen, relativ kalten Kruste liegt der etwa 2900 km dicke Mantel. Man nimmt heute an, dass das Mantelgestein fest, aber verformbar ist. Bei geringer Druckentlastung an bestimmten Stellen wird das Gestein flüssig und kann dann Vulkane speisen. Der Erdkern besteht aus einem äußeren Teil aus flüssigen Metallen, der einen Kern aus 6000 °C heißem, aber (auf Grund der hohen Drucke) festem Metall umgibt.

Gestein aus dem Erdmantel

AUS DER TIEFE
Mit keiner Bohrung ist es bis jetzt gelungen, bis zum Erdmantel vorzudringen. Gelegentlich aber reißt aufsteigendes Magma auf seinem Weg nach oben Bruchstücke aus dem Erdmantel mit sich. Die hohe Dichte und die chemische Zusammensetzung dieser Gesteine bestätigen die neueren geophysikalischen Theorien über den Aufbau des Erdinneren.

Das Puzzle der Kontinente

Dass Vulkane und Erdbeben in bestimmten Regionen der Erde häufiger sind als anderswo, war schon zu Beginn des 19. Jahrhunderts bekannt. Doch erst in den 1960er-Jahren, als man dem Boden der Tiefsee seine Geheimnisse entlockte, fand man dafür eine Erklärung, die Theorie der Plattentektonik: Die Oberfläche unseres Planeten ist ein ständig bewegtes Puzzle von auseinander driftenden und zusammenprallenden Platten. Jede Platte umfasst ein Stück der ozeanischen Kruste, der kontinentalen Kruste oder Teile von beiden und ist mit einer festen Platte des oberen Erdmantels verbunden. Gemeinsam bilden diese Platten die Lithosphäre. Sie „schwimmen“ auf der Asthenosphäre, einer dichten, verformbaren Schicht des Mantels. Aus dem Erdinneren aufsteigende Wärme treibt die Plattenbewegungen an. An Rändern der Platten wo diese sich reiben, aufeinander prallen oder auseinander weichen, ist die Erde am bewegtesten.

DAS GEWICHT DER GANZEN WELT
Die alten Griechen und Römer glaubten, der Gott Atlas trage den Himmel auf seinen Schultern. Diese Statue (1.Jh.n. Chr.) zeigt Atlas als Träger der ganzen Erde.

WEGENERS VERWEGENE THEORIE
Der deutsche Meteorologe und Geophysiker Alfred Wegener (1880–1930) prägte den Begriff „Kontinentalverschiebung“. Er stellte fest, dass die Küstenlinien Südamerikas und Afrikas genau zusammenpassen. Gesteinsformationen und die auffallende Ähnlichkeit fossiler Tiere und Pflanzen stützten Wegeners Vermutung, dass die beiden Kontinente einst ein einziger waren. Doch erst 40 Jahre später, als man die Kräfte entdeckte, die die Kontinente zu bewegen vermögen (S. 24–25), erkannte man Wegeners Theorie an.

FEUERRING
Es gibt über 1500 aktive Vulkane und jedes Jahr eine Million (meist leichte) Erdbeben. Die schwarzen Kegel auf dieser Weltkarte stehen für Vulkane, die roten Bereiche für erdbebengefährdete Gebiete. Vulkane und Erdbeben konzentrieren sich an den Rändern der Platten, die den Boden des Pazifiks bilden, am „pazifischen Feuerring“.

VULKANKETTE
In Guatemala/Mittelamerika liegen Vulkane (viele noch tätig) wie auf einer Kette aufgereiht hintereinander – auf einer Subduktionszone, an der die Kokos-Platte unter die größere Nordamerikanische Platte abtaucht.

BERÜHMTER BRUCH
An der Sankt-Andreas-Spalte in Kalifornien gleitet die Pazifische an der Amerikanischen Platte entlang nach Norden. Schwere Erdbeben wie das Beben in San Francisco im Jahre 1906 entstehen, wenn die verhakten Platten sich plötzlich ruckartig verschieben (1906 z. B. um 6–8 m).

AM TIEFSEEGRABEN
An dieser Subduktionszone taucht die ozeanische Platte unter die kontinentale Platte. Die Reibung, die dabei entsteht, erzeugt Erdbeben. Wenn das Gestein der ozeanischen Kruste vom Erdmantel „geschluckt" wird, schmilzt es in der Hitze des Mantels zu Magma. Die leichte Schmelze steigt nach oben und schmilzt Röhren durch die Ränder der kontinentalen Platte. Vulkane entstehen (S. 14–15).

REIBUNG UND VERWERFUNG
An Plattenrändern oder Verwerfungslinien, die quer zu den Subduktionszonen oder mittelozeanischen Rücken verlaufen, reiben sich die Platten aneinander und verschieben sich. Erfolgt die Verschiebung ruckartig, gibt es Erdbeben.

Wenn ein Berg explodiert

Die spektakulärsten und verheerendsten Vulkanausbrüche treten entlang der Subduktionszonen (S. 10–13) auf. Die Vulkane können jahrhundertelang „schlafen“ (S. 38–39) und dann mit einer gewaltigen Eruption erwachen. Der Mount St. Helens im Nordwesten der USA, ein Vulkan der Kaskadenkette (Cascade Range), die zum pazifischen Feuerring gehört, brach am 18. Mai 1980 nach 123 Jahren Ruhe plötzlich wieder aus. Die Explosion, die die Spitze des Berges absprengte, war noch 320 km nördlich in der kanadischen Stadt Vancouver zu hören. Die gesamte Nordseite des Gipfels rutschte ab. Trümmergestein und Gletschereis wälzten sich mit bis zu 250 km/h zu Tal. Sekunden später schoss heiße Asche in die Luft. Ein bis zu 300 °C heißer Dampfstrom, beladen mit Staub und Sand, fegte orkanartig nach Norden. Auf den ersten Kilometern wurden die Bäume entwurzelt und mitgerissen, noch in 15 km Entfernung knickte der Dampf Bäume wie Streichhölzer. Im Laufe der neunstündigen Eruption wurden Millionen Tonnen Asche 22 km hoch in die Atmosphäre geschleudert. Die Flüsse erstickten in Schlammfluten (S. 56–57), weite Waldgebiete wurden vernichtet und über 60 Menschen, darunter der Vulkanologe David Johnston, kamen ums Leben.

SCHLAFENDER RIESE
Vor der schrecklichen Eruption vom Mai 1980 war das Gebiet um den Mount St. Helens eine idyllische Gebirgslandschaft, in der Menschen Ruhe und Erholung suchten.

38 SEKUNDEN NACH DER ERSTEN EXPLOSION
Nach zwei Monaten mit kleineren Erderschütterungen und Explosionen bildete sich am Nordhang des Mount St. Helens ein Buckel. Um 8.32 Uhr am Morgen des 18. Mai bebte plötzlich die ganze Nordseite. Durch die Druckminderung im Inneren des Vulkans begann das heiße Magma in der Tiefe zu brodeln und zu explodieren. 38 Sekunden nach der Explosion (Foto): Eine Gesteinslawine rollt den Nordhang hinab. Über der Lawine bläst der Berg Gas und Asche in den Himmel.

DER VULKANISCHE HERD
Das heiße Magma unter dem Mount St. Helens stieg im umgebenden dichteren Gestein auf. Das Magma stammte von altem ozeanischem Plattenmaterial, das in der Subduktionszone vor der Küste geschluckt worden war und sich in einem unterirdischen Reservoir, der Magmenkammer, angesammelt hatte. Aus diesem vulkanischen Herd stieg das Magma über einen Schlot auf, der wie ein Gewehrlauf die Eruptionsprodukte ausschoss.

VIER SEKUNDEN SPÄTER...
... hat die dunkle Aschenwolke (aus von Gasen zerstiebter Lava) die Geröllawine überholt. Gary Rosenquist, der diese Aufnahmen gemacht hat, sagte später: „Der Anblick ... war so überwältigend, dass mir schwindlig wurde und ich mich abwenden musste, um das Gleichgewicht zu halten.“ Rosenquist hörte an seinem 18 km vom Berg entfernten Beobachtungsort nichts von der Explosion.

VULKANKETTE
In Guatemala/Mittelamerika liegen Vulkane (viele noch tätig) wie auf einer Kette aufgereiht hintereinander – auf einer Subduktionszone, an der die Kokos-Platte unter die größere Nordamerikanische Platte abtaucht.

BERÜHMTER BRUCH
An der Sankt-Andreas-Spalte in Kalifornien gleitet die Pazifische an der Amerikanischen Platte entlang nach Norden. Schwere Erdbeben wie das Beben in San Francisco im Jahre 1906 entstehen, wenn die verhakten Platten sich plötzlich ruckartig verschieben (1906 z.B. um 6–8 m).

Ein Tiefseegraben markiert die Linie, an der die ozeanische Platte unter eine andere taucht.

Wo ozeanische Kruste unter einen Kontinent gleitet, entsteht ein Gebirgszug.

Entlang Plattenrändern, die weder Subduktionszonen noch Rücken darstellen, gibt es kaum Vulkane.

Beim Abtauchen in den Mantel wird die ozeanische Platte erhitzt.

Leichtes geschmolzenes Gestein steigt durch das umgebende dichte Gestein auf.

Die Magmenkammer speist den Vulkan.

Lithosphäre (Erdkruste und oberste Mantelschicht)

Asthenosphäre (weiche, verformbare obere Mantelschicht)

AM TIEFSEEGRABEN
An dieser Subduktionszone taucht die ozeanische Platte unter die kontinentale Platte. Die Reibung, die dabei entsteht, erzeugt Erdbeben. Wenn das Gestein der ozeanischen Kruste vom Erdmantel „geschluckt“ wird, schmilzt es in der Hitze des Mantels zu Magma. Die leichte Schmelze steigt nach oben und schmilzt Röhren durch die Ränder der kontinentalen Platte. Vulkane entstehen (S. 14–15).

REIBUNG UND VERWERFUNG
An Plattenrändern oder Verwerfungslinien, die quer zu den Subduktionszonen oder mittelozeanischen Rücken verlaufen, reiben sich die Platten aneinander und verschieben sich. Erfolgt die Verschiebung ruckartig, gibt es Erdbeben.

Wenn ein Berg explodiert

SCHLAFENDER RIESE
Vor der schrecklichen Eruption vom Mai 1980 war das Gebiet um den Mount St. Helens eine idyllische Gebirgslandschaft, in der Menschen Ruhe und Erholung suchten.

Die spektakulärsten und verheerendsten Vulkanausbrüche treten entlang der Subduktionszonen (S. 10–13) auf. Die Vulkane können jahrhundertelang „schlafen“ (S. 38–39) und dann mit einer gewaltigen Eruption erwachen. Der Mount St. Helens im Nordwesten der USA, ein Vulkan der Kaskadenkette (Cascade Range), die zum pazifischen Feuerring gehört, brach am 18. Mai 1980 nach 123 Jahren Ruhe plötzlich wieder aus. Die Explosion, die die Spitze des Berges absprengte, war noch 320 km nördlich in der kanadischen Stadt Vancouver zu hören. Die gesamte Nordseite des Gipfels rutschte ab. Trümmergestein und Gletschereis wälzten sich mit bis zu 250 km/h zu Tal. Sekunden später schoss heiße Asche in die Luft. Ein bis zu 300 °C heißer Dampfstrom, beladen mit Staub und Sand, fegte orkanartig nach Norden. Auf den ersten Kilometern wurden die Bäume entwurzelt und mitgerissen, noch in 15 km Entfernung knickte der Dampf Bäume wie Streichhölzer. Im Laufe der neunstündigen Eruption wurden Millionen Tonnen Asche 22 km hoch in die Atmosphäre geschleudert. Die Flüsse erstickten in Schlammfluten (S. 56–57), weite Waldgebiete wurden vernichtet und über 60 Menschen, darunter der Vulkanologe David Johnston, kamen ums Leben.

38 SEKUNDEN NACH DER ERSTEN EXPLOSION
Nach zwei Monaten mit kleineren Erderschütterungen und Explosionen bildete sich am Nordhang des Mount St. Helens ein Buckel. Um 8.32 Uhr am Morgen des 18. Mai bebte plötzlich die ganze Nordseite. Durch die Druckminderung im Inneren des Vulkans begann das heiße Magma in der Tiefe zu brodeln und zu explodieren. 38 Sekunden nach der Explosion (Foto): Eine Gesteinslawine rollt den Nordhang hinab. Über der Lawine bläst der Berg Gas und Asche in den Himmel.

DER VULKANISCHE HERD
Das heiße Magma unter dem Mount St. Helens stieg im umgebenden dichteren Gestein auf. Das Magma stammte von altem ozeanischem Plattenmaterial, das in der Subduktionszone vor der Küste geschluckt worden war und sich in einem unterirdischen Reservoir, der Magmenkammer, angesammelt hatte. Aus diesem vulkanischen Herd stieg das Magma über einen Schlot auf, der wie ein Gewehrlauf die Eruptionsprodukte ausschoss.

VIER SEKUNDEN SPÄTER...
... hat die dunkle Aschenwolke (aus von Gasen zerstiebter Lava) die Geröllawine überholt. Gary Rosenquist, der diese Aufnahmen gemacht hat, sagte später: „Der Anblick ... war so überwältigend, dass mir schwindlig wurde und ich mich abwenden musste, um das Gleichgewicht zu halten.“ Rosenquist hörte an seinem 18 km vom Berg entfernten Beobachtungsort nichts von der Explosion.

WANDERNDE ASCHENWAND
Die Aschenwolke wurde über die Flanken des Vulkans hinausgeblasen und begann aufzusteigen. Gary Rosenquist machte dieses Foto, ehe er zu seinem Wagen flüchtete. „Die Wolkenwalze lauerte hinter uns, als wir die Road 99 hinabrasten“, schrieb er später. „Wir fuhren wie die Wilden in Richtung Randle, als murmelgroße Schlammkugeln die Windschutzscheibe trafen. Minuten später herrschte völlige Dunkelheit. Wir tasteten uns durch die erstickende Aschenwolke in Sicherheit.“

IN DEN LETZTEN ZÜGEN
In den Monaten nach der großen Eruption presste der sich verringernde Druck in der Magmenkammer zähe Lava aus dem Berg wie Zahnpasta aus einer Tube. Die Lava bildete eine Kuppe, die 1986 eine Höhe von 260 m erreicht hatte. An einer Stelle wuchs eine steife Lavanadel aus der Kuppe. Wie die größere Nadel am Mont Pelée (S. 32–33) zerfiel sie bald wieder.

ENTWALDUNG
Bäume von bis zu 50 m Höhe wurden von der Gewalt des Vulkanausbruchs niedergewalzt. In den Wäldern direkt am Berg wurde alles dem Erdboden gleichgemacht.

ELF SEKUNDEN SPÄTER ...
... hat die schnellere Aschenwolke die Geröllawine gänzlich überholt. Rechts kann man erkennen, wie Gesteinsbrocken über die Wolke hinaus in die Luft geschleudert werden.

Staub und Asche

Lapilli: zentimetergroße Lavafragmente

Asche: kleinere Teilchen

Staub: die feinsten, leichtesten Lavateilchen

Bei explosiven Eruptionen wie der des Mount St. Helens werden Staub und Asche in die Luft geschleudert. Im Magma gelöstes Gas dehnt sich so schnell aus, dass es die Lava in feinste Teilchen zerstiebt: Staub und Asche. Etwas größere, aber nur wenige Zentimeter große Lavafragmente nennt man „Lapilli" („Steinchen"). Es gibt aber auch größere „vulkanische Bomben", die die Ausmaße eines Hauses haben können, und im Flug erstarrte, mit Blasenräumen durchsetzte „Schlacken". All diese Lavafragmente nennt man „Pyroklastika" (von griech. *pyros* = Feuer, *klasis* = zerbrechen). Es kommt vor, dass die ausgeschleuderte Asche unter ihrem eigenen Gewicht zusammenbricht und Lawinen bildet. Wie Lavaströme können auch die Aschenströme sehr gefährlich sein. Besonders kritisch kann es werden, wenn Aschen- und Staubfragmente in einer glühenden Gaswolke ausgestoßen werden. Solche Glutwolken können sich sehr schnell ausbreiten und vernichten alles, was sich ihnen in den Weg stellt.

KEGELBAU
Ein Vulkan wächst dadurch, dass aus dem Schlot immer wieder vulkanische Förderprodukte wie Lava oder Asche austreten und sich an den Hängen des Berges ablagern. Hier sieht man zwei Aschenkegel auf Maui/Hawaii (S. 22–23).

Vulkanische Ablagerungen aus vorgeschichtlicher Zeit bei Neapel/Italien

Ausschnitt aus der neapolitanischen Ablagerung

GLUTWOLKEN
Werden heiße Aschen- und Staubfragmente in einer glühenden Gaswolke („Nuée ardente", S. 32) ausgestoßen, sind die Auswirkungen oft besonders katastrophal. Glutwolken steigen nicht, wie der Name vermuten lassen könnte, hoch auf, sondern wälzen sich wie eine Lawine bergab und begraben alles auf ihrem Weg unter Asche, verbrennen Wälder oder rasieren sie einfach ab.

VULKANBIOGRAPHIE
Die Gesteinsschichten eines Vulkankegels sind Zeugen vergangener Eruptionen, deren Alter und Eruptionsart man heute bestimmen kann. Hier künden verschiedene Schichten von zu Stein erhärteter Asche von Ausbrüchen eines englischen Vulkans vor 500 Mio. Jahren.

Bauern, deren Land unter Asche begraben ist, machen sich mit ihren Rindern auf die Suche nach grünen Weiden.

Lange Nacht der Aschenwolke

Nach 600 Jahren Ruhe brach der Pinatubo auf den Philippinen im Juni 1991 aus. Gewaltige Aschenwolken wurden in die Luft geschleudert und verdeckten tagelang die Sonne. Die Asche wurde weit durch die Luft getragen und regnete im Umkreis von mehreren Kilometern auf Felder und Dörfer nieder. Auf den oberen Hängen des Vulkans lag die Asche z. T. 100 m hoch aufgeweht. Der Ausbruch löste heftige Regenfälle aus. Regen und Asche ergaben Schlammfluten, die sich die Flusstäler hinabwälzten und Straßen, Brücken und einige Dörfer wegspülten (S. 56). Mindestens 400 Menschen fanden den Tod, 400.000 wurden obdachlos. Durch die sandige Asche erlitten viele Überlebende Atemwegserkrankungen und Augenentzündungen.

ATEMSCHUTZ
Bei jedem Schritt wird Asche aufgewirbelt. Ein nasses Tuch vor Mund und Nase verhindert, dass man die Asche einatmet.

TOTER MAIS
Ein leichter Aschenregen zur rechten Zeit ist ein guter Dünger (S. 40–41). Doch dieser Mais ist voll knirschender Asche. Ohne Wasser zum Abwaschen ist er ungenießbar. Wie hier wurden ganze Ernten durch den Pinatubo-Ausbruch vernichtet.

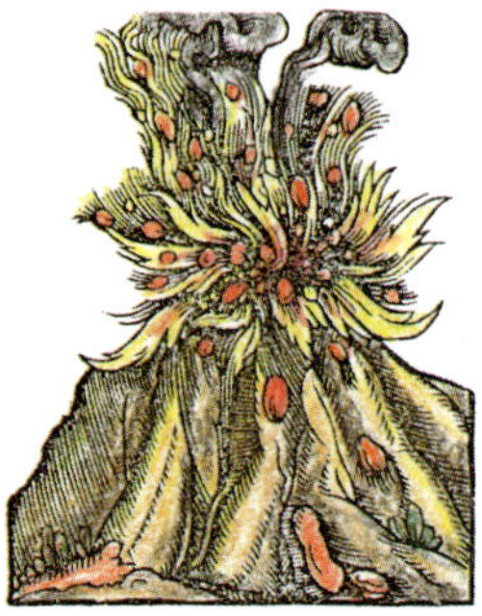

Lava

Vulkane speien rot glühendes Magma aus. Sobald dieses aus der Erde austritt, wird es als Lava bezeichnet. Manchmal sickert die Lava leise aus einer Öffnung im Boden. Ein andermal spritzt sie in glühenden Fontänen aus dem Vulkan, ehe sie sich auf dem Boden zu Strömen vereint. Die Ströme heißen Gesteins fließen, bis die Lava erkaltet und dadurch erstarrt. Lavafontänen und Lavaströme kann man auf Island (S. 24–25) und auf Hawaii (S. 22–23) beobachten. Sie sind relativ berechenbar und man kann sich zum Fotografieren meist recht nah heranwagen. Zähflüssige Lava erkaltet schnell und kann den Vulkanschlot mit einem Pfropfen verschließen. Dann verschafft sich der Druck der Gase im Vulkan durch eine Explosion Raum, bei der Lavabomben und Schlacken ausgeschleudert werden. Es ist gefährlich, sich solchen explosiven Ausbrüchen zu nähern, da Ausmaß und Zeitpunkt der Eruptionen nicht vorhersagbar sind.

DOPPELT GESCHMOLZEN
Beim Ausfließen und anschließenden Abkühlen gibt die Lava im Gestein gelöste Gase ab. Dieses Stück erkalteter Lava wurde in einem Schmelzofen erneut verflüssigt. Es warf dabei viele Blasen – ein Zeichen dafür, dass die Lava noch viel Gas enthielt.

Eine rote Hämatitkruste überzieht diese Lavabombe, die der Ätna auf Sizilien ausgespien hat.

Dichte, rundliche Bombe

BOMBEN UND SCHLACKEN
Lavafetzen werden in glühendem Zustand hoch in die Luft geschleudert und runden sich während des Fluges spindelförmig oder kugelig ab. Solche Bomben sind mit einer mehr oder weniger festen Erstarrungskruste überzogen. Die mit Blasenräumen durchsetzten, sehr gashaltigen Schlacken fallen meist als bizarre, raue Brocken auf den Hang des Vulkans. Solche Auswürfe ziehen Feuerspuren durch die Luft – bei Nacht ein beeindruckendes Schauspiel.

Eine kleine explosive Eruption am Ätna bei Nacht

SPINDELBOMBE
Die spindelförmigen Verdrehungen entstehen durch Drehung der erkaltenden Bombe in der Luft.

HAWAIISCHE AA
Rot glühend leuchtet die heiße Aa-Lava durch die Kruste erkalteter Lava. Der Lavastrom wälzt sich unaufhaltsam voran und walzt erkaltete Blöcke auf seinem weiteren Weg nieder. Lavaströme erkalten langsam, weil das Gestein ein schlechter Wärmeleiter ist. Beim Erkalten werden die Lavaströme langsamer und dickflüssiger.

Ein Brocken erhärteter Stricklava

VERSTRICKT
Wenn die Oberfläche der dünnflüssigen, gasreichen Pahoehoe abkühlt, entsteht eine dünne, verformbare Haut. Das Gas hält die Lava unter der Haut flüssig. Sie bewegt sich weiter und schiebt die Haut zu strickartigen Formationen zusammen. Die Kruste der Stricklava kann so dick werden, dass man sie begehen kann, während im Inneren noch immer rot glühende Lava fließt und Tunnel entstehen (S. 23), an deren Decken die abtropfende Lava stalaktitenartige Zapfen bildet.

Aa und Pahoehoe

Man unterscheidet zwei Lavatypen, die mit hawaiischen Namen bezeichnet werden. Die Aa-Lava (sprich: *ah-ah*) entsteht auf langsam fließenden Lavaströmen, deren dicke Kruste in raue, zackige und scharfkantige Blöcke zerbricht. Diese Zackenlava ist unpassierbar. Beim Pahoehoe-Typ (sprich: *pahoihoi*), auch Strick- oder Seillava genannt, überzieht sich die noch fließende Lava mit einer Erstarrungshaut, die von der darunter weiterfließenden Lava in Runzeln zusammengeschoben wird. Pahoehoe ist selten dicker als 1 m, Aa dagegen kann bis zu 100 m dick werden.

ZACKIG VERDREHT
Dieser poröse Brocken aus der Kruste eines Aa-Stroms wurde beim Weiterfließen verdreht.

WENN DIE STRICKE REISSEN ...
Rot glühende Pahoehoe-Lava quillt aus einem Riss in ihrer Haut. Über dem ausgetretenen „Zeh“ formt sich neue Haut. Ein Pahoehoe-Strom bewegt sich durch tausende solcher kleinen Risse vorwärts.

Lavatropfen von der Decke eines Pahoehoe-Tunnels

Schwarzer Sand von der Vulkaninsel Santorin / Griechenland

FEUER UND WASSER
Vulkaninseln wie Hawaii und Island haben meist schwarze Strände. Die Meeresbrandung zerschlägt die heiße Lava zu winzigen Splittern. Die schwarze Farbe rührt vom hohen Gehalt an dunklen Mineralien wie Eisenoxid her. Helle Mineralien wie Quarz sind kaum in Lava enthalten.

Heißer Atem

Flucht vor vulkanischen Schwefeldämpfen im Comic-Abenteuer *Flug 711 nach Sydney*

Vulkanische Gase sind außerordentlich gefährlich. Im August 1986 kündigte eine kleine Explosion im Nyos-See im zentralafrikanischen Kamerun eine Gaseruption an. Die giftigen Dämpfe töteten 1700 Menschen, die in Dörfern am See lebten. Besonders tückisch war Kohlendioxid, ein schweres Gas, das bergab fließt, sich in Mulden sammelt und den für Tier und Mensch lebenswichtigen Sauerstoff verdrängt. Das erstickende Kohlendioxid kann man nicht riechen – im Gegensatz zu den meisten anderen vulkanischen Gasen: Schwefelwasserstoff riecht wie faule Eier und die sauren Gase Chlorwasserstoff und Schwefeldioxid brennen in Augen und Hals und haben einen stechenden Geruch. Der hochgiftige Fluorwasserstoff ist so aggressiv, dass er sogar Glas auflöst. Die ersten Vulkanforscher, die glaubten Flammen aus dem Berg schießen zu sehen, beobachteten wahrscheinlich Schwaden glühender Gase. Flammen treten auf, wenn Wasserstoffgas Feuer fängt, doch diese Flammen sind kurzlebig und kaum zu sehen. Beeindruckender sind die Blitze, die häufig bei Aschenausbrüchen auftreten.

EIN KRATER STINKT ZUM HIMMEL
Fast 40 Jahre nach dem letzten Ausbruch des Kawah Idjen auf Java steigen noch immer Schwefel und verschiedene vulkanische Gase in dem Krater auf. Hier entnimmt die Vulkanologin Katia Krafft (S. 42–43) dem Kraterboden Gasproben.

UNTER DAMPF
Wasser dehnt sich gewaltig aus, wenn es zu Dampf wird. Trifft Magma auf Wasser, wird die Eruption daher um etliches heftiger. Als im November 1963 vor Island die neue Vulkaninsel Surtsey entstand (S. 41), floss Meerwasser in den feurigen Schlot. Es gab spektakuläre Explosionen und gewaltige Dampfwolken.

GASMASKE
Diese Gasmaske hält geringe Konzentrationen von Säuregasen ab und schützt ihren Träger vor vulkanischem Staub.

Bei Untersuchungen hawaiischer Lavaströme trägt dieser Vulkanologe sicherheitshalber eine Gasmaske.

VULKANGEWITTER
Bei Vulkanausbrüchen kann man oft Blitze beobachten. Sie entstehen durch elektrische Spannungen, die darauf beruhen, dass sich kleine Lavateilchen in einer Aschenwolke reiben. Die elektrische Entladung erfolgt durch Blitze, die durch die Aschenwolke zucken wie die Blitze eines Gewitters durch die Gewitterwolke. Dieses Foto zeigt Blitze am Tolbatschik in Kamtschatka. Es ist bei Tage aufgenommen worden – die Sonne kann man am linken Rand schwach durch die Wolke aus Staub und Gas erkennen.

VESUV-BLITZE
Der britische Botschafter in Neapel, Lord Hamilton, sah Blitze, als er den Vesuv-Ausbruch von 1779 beobachtete (S. 31).

SAURER SEE
Vulkanologen nehmen Proben vulkanischer Gase von der Oberfläche eines Säuresees im Krater des Kawah Idjen. Die aus dem Vulkan aufsteigenden Gase lösen sich in dem Wasser, das den Krater weitgehend ausfüllt. Solche sauren Seen sind sehr lebensfeindlich, die Haut eines Schwimmers wäre in Minuten zerfressen.

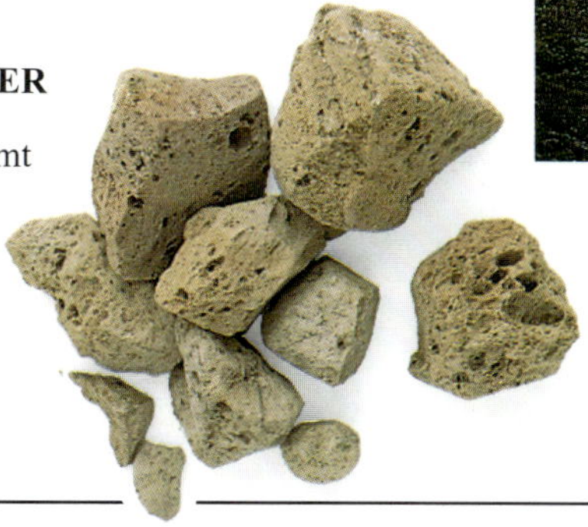

SCHWIMMENDER STEIN
Bimsstein schwimmt auf dem Wasser. Dieses Lavagestein ist so leicht, weil es aus lauter dünnwandigen Gasblasen besteht.

Wo es heiß hergeht

Die größten Vulkane liegen über „Hot Spots" („heiße Stellen", S. 12). Zwei der größten, Mauna Loa und Kilauea, gehören zur Hawaii-Inselkette. Diese umfasst die höchsten Gipfel eines riesigen untermeerischen Gebirgszugs, der in Jahrmillionen dadurch entstanden ist, dass die „heiße Stelle" gewaltige Lavamengen auf die über sie hinwegziehende tektonische Platte spie. „Hot Spots" sind zufällig verteilt und weisen kaum eine Verbindung zu den heutigen Plattengrenzen auf (S. 12–15). Einige Geologen glauben, dass „heiße Stellen" z. T. auf frühere Plattengrenzen zurückgehen. Brüche, die Teil des alten Plattensystems waren, sind noch heute Kanäle, durch die das Magma an die Erdoberfläche dringt. Dadurch wird der Druck im Erdmantel verringert, was wiederum eine neue Gesteinsverflüssigung bewirkt, wodurch die „Hot Spots" weiter mit heißem Magma gespeist werden. Andere „heiße Stellen" werden als Anzeichen einer neuen Plattengrenzbildung betrachtet.

GÖTTIN DES VULKANS
Nach dem Glauben der Ureinwohner Hawaiis wohnt im Krater des Kilauea, im Halemaumau („Haus des ewigen Feuers"), die mächtige Göttin Pele. Sie errichtet Berge, schmilzt Felsen, zerstört Wälder und lässt neue Inseln entstehen. Nach ihr sind vom Wind zusammengewehte Lavafäden benannt: Peles Haar.

MAUNA LOA BRICHT AUS
Bei einer der längsten Eruptionen war Mauna Loa gleichzeitig mit dem jüngeren Kilauea aktiv. Hier ist durch fontänenartige Eruptionen ein Aschenkegel (S. 16) aufgeworfen worden. Eine Seite des Kegels wurde von Pahoehoe-Lava unterspült und brach zusammen.

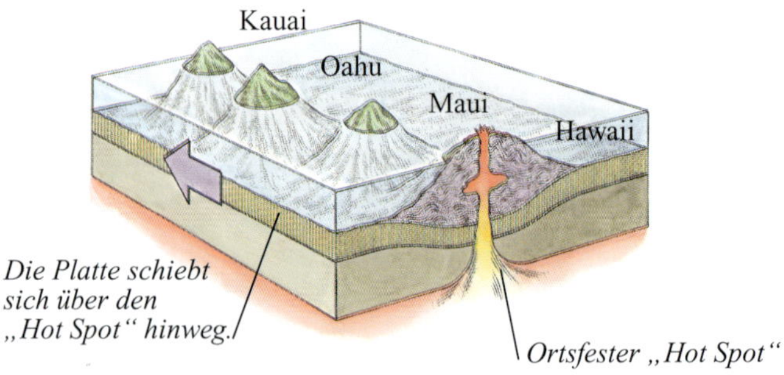

INSELKETTE
Die Pazifische Platte bewegt sich über dem ortsfesten „Hot Spot", der sich derzeit unter der Südspitze der Insel Hawaii befindet. Hawaii hat zwei tätige Vulkane: Mauna Loa und Kilauea. Ein dritter, Loihi, wächst untermeerisch im Süden der Inselkette. Der nördliche Teil der Insel Hawaii besteht aus erloschenen Vulkanen; nach Nordwesten hin verläuft eine Kette zunehmend älterer Vulkaninseln.

PELES HAAR
Die dünnflüssige Lava einer hawaiischen Feuerfontäne wird z. T. in feine Glasfäden verblasen: Die Göttin Pele hat ihr Haar geschüttelt.

WEG VOM FLECK
„Hot-Spot"-Vulkane brechen häufig aus und lassen sich relativ gut aus der Nähe fotografieren. Hier sieht man den Piton de la Fournaise auf Réunion im Indischen Ozean (S. 11). Die Insel ist die Spitze eines gewaltigen Vulkans, der sich 7 km über den Meeresboden erhebt. Der „heiße Fleck" ist in den vergangenen 30 Mio. Jahren 4000 km gewandert.

Um diesen Baumstamm ist die Lava erhärtet: ein Baumabguss.

Diese Straße wurde bei einer Kilauea-Eruption unter Lava begraben.

IN FLAMMEN
Die Lava in den Pahoehoe-Tunneln bleibt heiß und flüssig. So kann sie kilometerweit vom Schlot entfernt Äcker und Dörfer verschlingen.

Säule aus Lava, die von der Decke eines Pahoehoe-Kanals herabgetropft ist

LAVAKANAL
Die Haut eines Pahoehoe-Stroms kann so dick werden, dass man darauf laufen kann. Doch nur einen Meter unter den Füßen fließt die heiße Lava in einem Kanal weiter. Gelegentliche Einbrüche der Decke schaffen Fenster, durch die man die Lava beobachten und Messungen vornehmen kann. Heiße Lava, die von der Unterseite der Decke herabtropft, bildet Lavatropfsteinsäulen.

Ozeanische Rücken

Das Gestein, das den Meeresboden bildet, ist geologisch sehr jung – nirgendwo älter als 200 Mio. Jahre –, weil vulkanische Eruptionen tief unter dem Meer ständig neues Plattenmaterial herstellen. Ein Gebirgszug von 65.000 km Länge, der Mittelozeanische Rücken, zieht sich durch die Weltmeere. Fast überall ist er am Scheitel durch einen Grabenbruch von 20 bis 50 km Breite und bis zu 2000 m Tiefe gespalten. In diesem Graben, dem Rift Valley, brechen ständig Vulkane aus. Unter dem gewaltigen Druck des Meerwassers fließt die Lava langsam aus und bildet rundliche Kissen (Kissenlava). Sie füllt den sich durch die auseinander weichenden Platten verbreiternden Graben. So wächst der Ozean jedes Jahr um etwa einen Zentimeter. An manchen Stellen des Rückens treten untermeerische heiße Quellen aus. Diese 1977 erstmals entdeckten „Black Smokers" („Schwarze Raucher") sind heute Gegenstand intensiver Forschung. Hier gibt es Lebewesen, die man sonst nirgendwo findet.

ISLÄNDISCHE SPALTE
Die Lakispalte/Island öffnete sich 1783 und spie 13 km^3 Lava aus. Asche und schwefelhaltiger „Blauer Dunst" vernichteten die Vegetation, in die Flusstäler einströmende Lava verursachte Überschwemmungen. Hungersnot und Krankheiten waren die Folge. 75% der Tiere und etwa 10.000 Menschen starben.

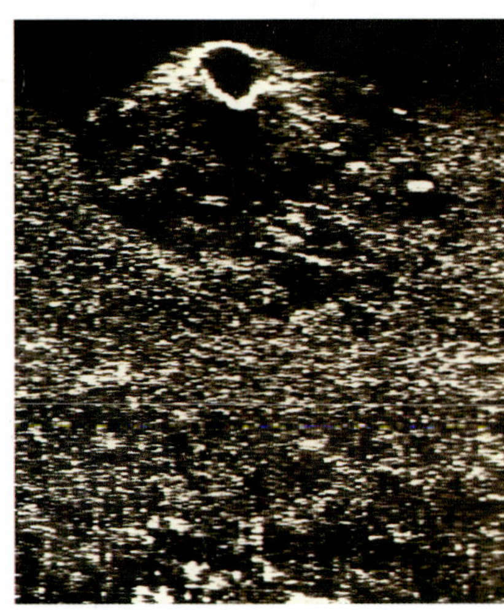

VULKAN UNTER DEM MEER
„Gloria", ein weit reichendes Echolot, zeichnete in 4000 m Meerestiefe dieses Bild eines untermeerischen Vulkans von 10 km Durchmesser auf.

In Island, das Teil des Atlantischen Rückens ist, kann man an Land beobachten, wie sonst unter dem Meer durch Eruptionen neuer Boden entsteht.

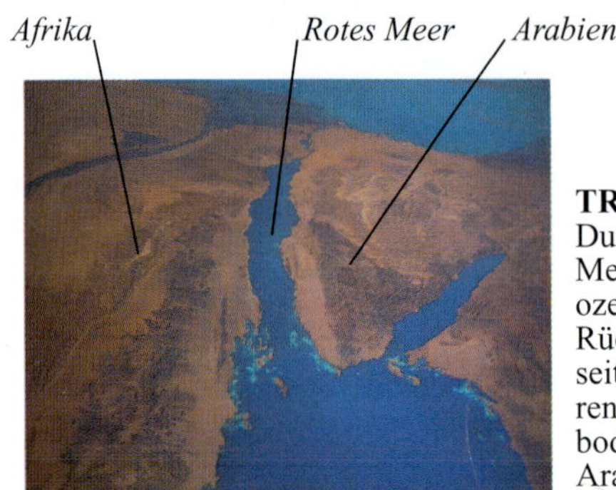

TRENNUNG
Durch das Rote Meer verläuft ein ozeanischer Rücken, an dem seit 20 Mio. Jahren neuer Meeresboden Afrika und Arabien auseinander drängt.

Die bemannnte Tauchsonde „Alvin" fotografiert mittelozeanische Rücken.

TIEFSEEGARNELEN
Diese neue Garnelenart wurde 1979 am Galapagosrift im Pazifik entdeckt.

„Smoker“

Entlang der Tiefseerücken treten heiße Quellen aus, die reich an Kupfer-, Blei- und Zinksulfiden sind. Aus Röhren, die von abgeschiedenen Sulfiden gebildet werden, kommen schwarze Wolken. Die für uns giftigen Schwefelverbindungen sind Grundlage des Lebens an diesen „Smokern“.

Diese Röhrenwürmer am Galapagosrift nutzen mit Hilfe von Bakterien die Energie der an „Smokern“ austretenden Schwefelverbindungen.

LEBEN OHNE LICHT
Grundlage für die seltsamen Lebensformen an den „Smokern“ (hier Seeigel vom Galapagosrift) sind Bakterien, die aus den Schwefelverbindungen organische Stoffe aufbauen können wie Pflanzen aus Kohlendioxid und Wasser.

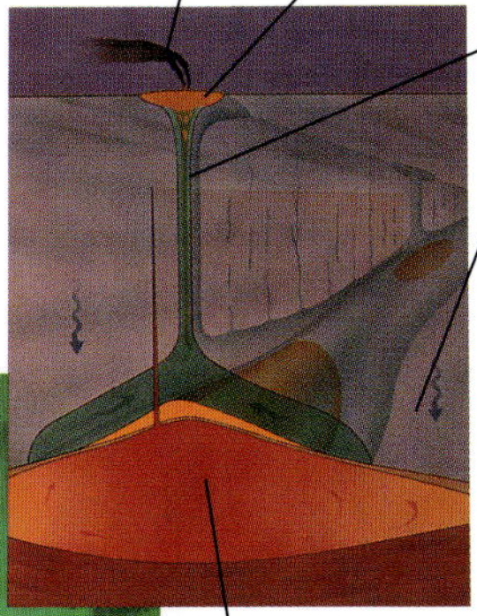

Schematische Darstellung eines „Smoker“

KAMINE
Sobald sie mit dem kalten Meerwasser in Berührung kommen, kühlen die Metallsulfide ab und fallen aus dem Wasser aus. Als feste Stoffe setzen sie sich ab und bilden die Wände von Kaminen, aus denen die „Smoker“ austreten. Wenn sie zu hoch werden, brechen die Kamine zusammen.

Die runden „Kissen“ sind typisch für untermeerisch ausgetretene Lava.

ROHSTOFFE AUS DER TIEFSEE
Der Meeresboden ist bedeckt von schwarzen Gesteinsbrocken, die reich an Mangan und anderen Metallen sind. Zur Nutzung dieser Rohstoffquelle gibt es noch keine technischen Möglichkeiten.

LAVASCHLOTE
In diesem Felsbrocken sind zwei alte Lavaschlote zu erkennen.

Die grobe Körnung weist auf eine langsame Abkühlung hin.

Gabbro, ein grobkörniges Gestein aus einer alten untermeerischen Magmenkammer in Zypern

Der berühmte Vesuv-Ausbruch

PLINIUS DER JÜNGERE
erlebte den Vesuv-Ausbruch von jenseits der Bucht von Neapel aus mit. Sein Onkel, Plinius der Ältere, kam bei der Katastrophe ums Leben.

Den Bewohnern der römischen Städte Pompeji und Herculaneum war nicht bewusst, dass sie am Fuß eines Vulkans lebten. Doch im Jahre 79 explodierte am 24. August der seit Menschengedenken schlafende Vulkan. Pompeji verschwand unter einer meterhohen Schicht aus Asche und Lapilli. Die Menschen flüchteten hustend und stolpernd durch die Dunkelheit der Aschenwolke. Tausende konnten die Stadt nicht rechtzeitig verlassen und wurden unter der Asche begraben oder erstickten an giftigen Gasen. Herculaneum wurde unter einem Strom aus Lava und Schlamm begraben. Vom nahen Misenum aus beobachtete der Schriftsteller Plinius der Jüngere die schrecklichen Ereignisse. Sein Brief an Tacitus ist der erste bekannte Augenzeugenbericht von einem Vulkanausbruch. Die verschütteten Städte gerieten im Laufe der Geschichte in Vergessenheit, bis man 1730 beim Bau einer Wasserleitung auf erste Spuren stieß. Seither erbrachten Ausgrabungen unschätzbare Erkenntnisse für Geologie und Geschichtsforschung.

VOM WINDE VERWEHT
Der Wind trug die Aschenwolke des Vesuvs nach Süden, wo sie auf Pompeji niederging. Auf Herculaneum, das westlich liegt, fiel kaum Asche herab. Doch Schlammlawinen, die in alle Richtungen vom Berg herabströmten, begruben beide Städte unter sich.

VERBRANNTER TOAST
Einige solcher verkohlten Brotlaibe fand man im gemauerten Backofen einer Bäckerei. Man kann noch den Firmenstempel des Bäckers erkennen.

WARNUNG VOR DEM HUNDE
Mit Bodenmosaiken wie diesem vom Eingangstor eines pompejanischen Hauses warnte man damals vor einem bissigen Hund.

Italienisches Brot aus heutiger Zeit

Getreidemühle aus erkalteter Lava. Das harte Basaltgestein findet auch als Kopfsteinpflaster Verwendung.

Porträt einer Dichterin oder Prinzessin (Ausschnitt aus einem pompejanischen Bodenmosaik)

Unter Vulkanasche konservierte Eier

SCHLANGENSCHMUCK
Dieses Armband in Form einer Schlange besteht aus schwerem Gold. Man fand viele Schmuckstücke in Pompeji, u.a. über 80 Exemplare eines bestimmten Ohrringtyps, was darauf schließen lässt, dass beliebte Modelle in Massenproduktion hergestellt wurden.

Frische Feigen, wie sie noch heute an den Hängen des Vesuvs wachsen

Frische Walnüsse

Verkohlte Feigen

Verkohlte Speisen

Organische Stoffe wie Holz, Knochen oder Speisen enthalten Kohlenstoff. Sie würden unter normalen Bedingungen beim Erhitzen verbrennen. Doch die heiße Asche und die vulkanischen Gase schlossen den zur Verbrennung nötigen Sauerstoff aus, es entstand Holzkohle. Dadurch blieben viele Speisen erkennbar.

Karbonisierte Walnüsse

PANIK IN DEN STRASSEN
Auf dieser künstlerischen Darstellung des Untergangs von Pompeji sieht man im Vordergrund das große Theater (das halbrunde, offene Gebäude), im Hintergrund naht bedrohlich die Aschenwolke. In den überfüllten Straßen rennen Menschen um ihr Leben.

DER TOD PLINIUS' DES ÄLTEREN
Plinius der Jüngere beschreibt, wie sein Onkel und andere der Katastrophe zu entfliehen versuchten: „Sie stülpten sich Kissen über den Kopf und verschnürten sie mit Tüchern; das bot Schutz gegen den Steinschlag. Schon war es anderswo Tag, dort aber Nacht, schwärzer und dichter als Nächte sonst... Mein Onkel...erhob sich auf zwei Sklaven gestützt und brach gleich tot zusammen, vermutlich weil ihm der sehr dichte Qualm den Atem benahm... Sobald es wieder hell wurde, ...fand man seinen Leichnam, ...eher einem Schlafenden als einem Toten ähnlich."

Fortsetzung auf der nächsten Seite

Fortsetzung von Seite 27

DER TREUE HUND
Dieser Wachhund starb auf seinem Posten – an der Kette vor dem Haus des Vesonius Primus.

Im Augenblick des Todes

Über 2000 Menschen fanden den Tod, als der Vesuv Pompeji verschlang. Gipsabgüsse von umgekommenen Einwohnern der Stadt, deren Körperformen als Hohlräume in den verfestigten Aschen erhalten waren, legen Zeugnis ab von den schrecklichen Stunden. Wie feuchter Zement schlossen sich Bims und Asche um die Körper der sterbenden Flüchtlinge. Mit der Zeit verwesten die weichen Körperbestandteile und Asche und Bims wurden zu festem Gestein. Die Körperformen der toten Römer hinterließen Hohlräume im Gestein. 1860 wurde Guiseppe Fiorelli vom italienischen König zum Ausgrabungsleiter ernannt. Unter Fiorelli begannen die ersten systematischen Ausgrabungen der Stadt im großen Maßstab. Er erfand auch die Methode, die Skelette aus den Hohlräumen zu entfernen und diese mit Gips zu füllen. Der erhärtete Gips gab erstaunliche Details der Vulkanopfer wieder. Die Abgüsse zeigen Menschen mit verzerrten Zügen und Menschen, die sich zu verstecken suchen oder furchtsam zusammenkauern. Die Ausgrabungen in Pompeji dauern bis heute an, und Fiorellis Methode findet Anwendung, wo immer neue Körper geborgen werden. Auch von Tieren, Bäumen, Türen, Möbeln und Wagenrädern hat man solche Gipsabgüsse hergestellt.

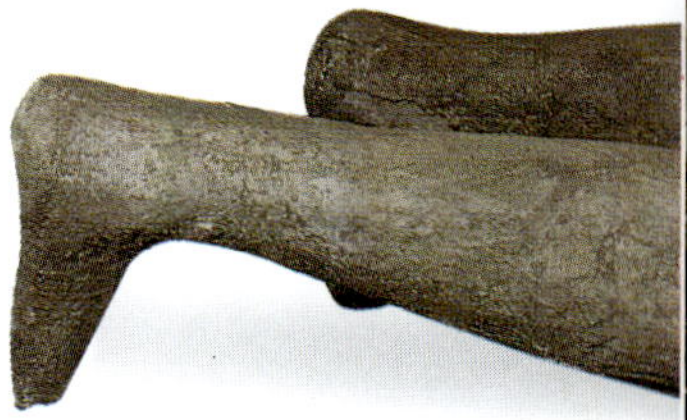

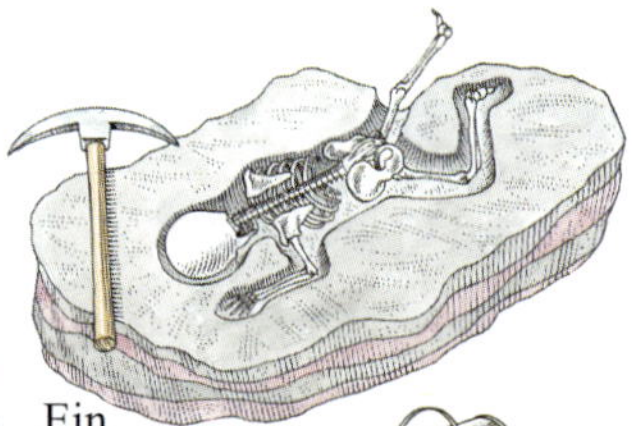

Ein Körperhohlraum wird entdeckt.

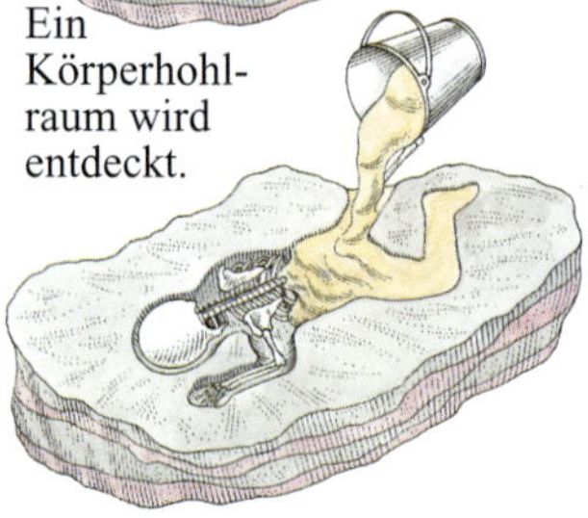

Der Hohlraum wird mit Gips gefüllt.

UNTERGANG POMPEJIS
Fasziniert vom schrecklichen Untergang Pompejis, stellten viele Künstler dieses Ereignis bildlich dar, meist nicht sehr realistisch. Diese Darstellung des russischen Malers Karl Brjullow zeigt Häuser in Flammen.

Gipsabguss eines erstickten Babys aus dem „Garten der Flüchtlinge"

IM LEICHENTUCH
Bei diesem Gipsabguss erkennt man die Falten des Gewandes. Der Mann hält sich die Brust, das Atmen verursachte ihm Schmerzen. Man nimmt an, dass die meisten Menschen erstickt sind.

Dieser Mann versuchte sein Gesicht zu schützen.

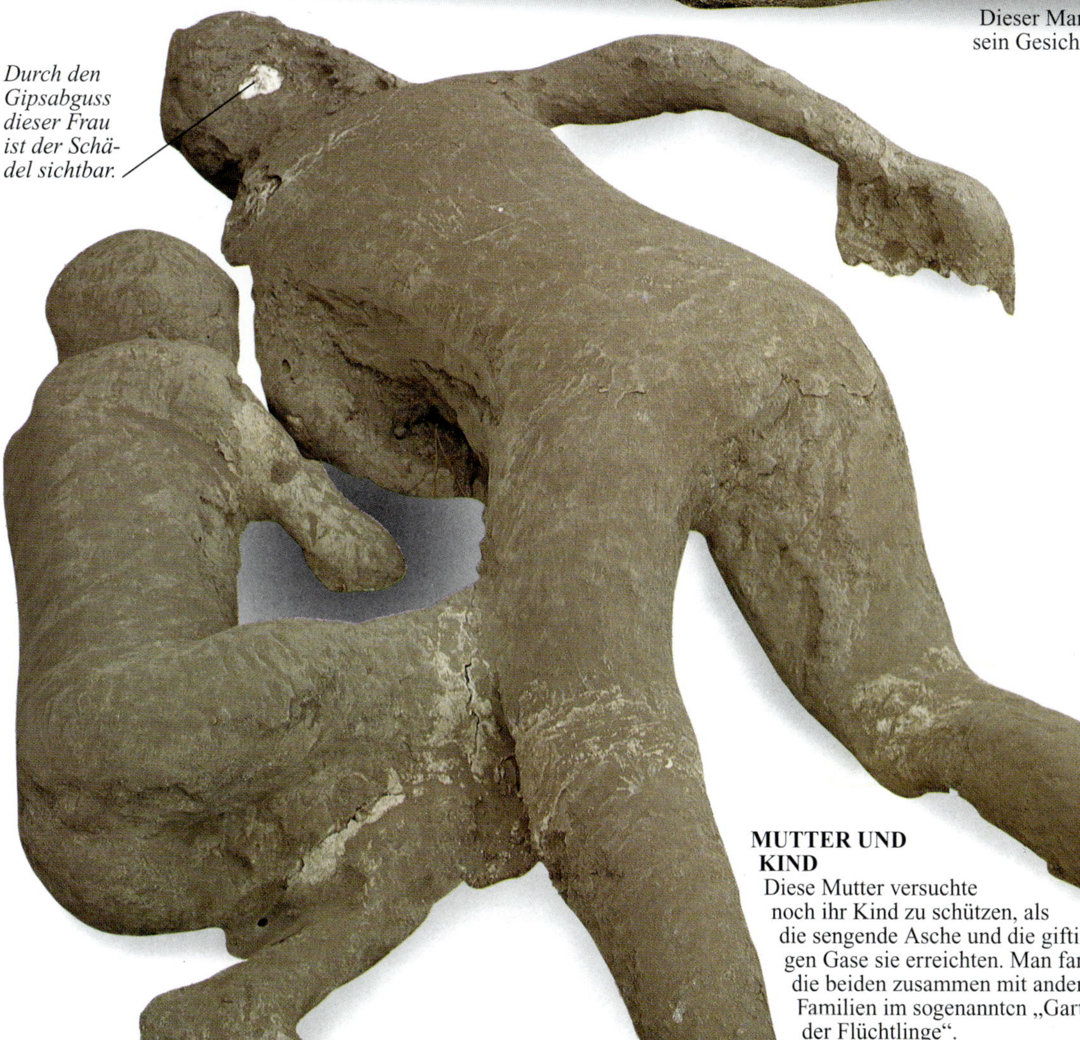

Durch den Gipsabguss dieser Frau ist der Schädel sichtbar.

MUTTER UND KIND
Diese Mutter versuchte noch ihr Kind zu schützen, als die sengende Asche und die giftigen Gase sie erreichten. Man fand die beiden zusammen mit anderen Familien im sogenannten „Garten der Flüchtlinge“.

PFLICHTBEWUSST
Den amerikanischen Schriftsteller Mark Twain beeindruckten besonders die Überreste eines Wachsoldaten, der auf seinem Posten geblieben war.

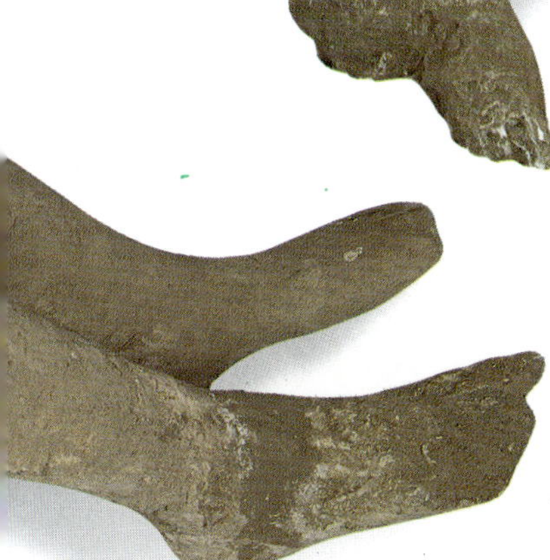

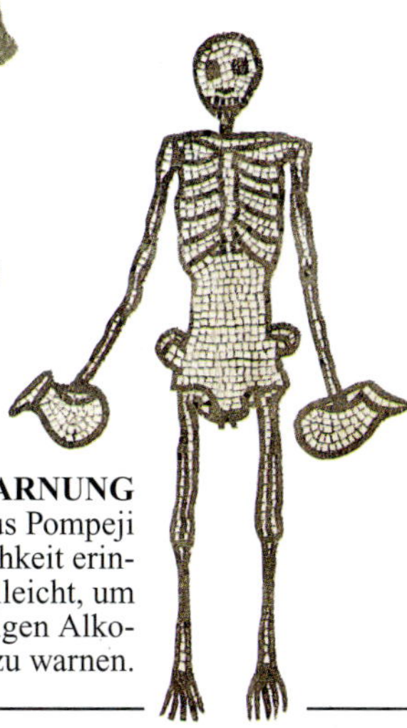

WARNUNG
Dieses Mosaik aus Pompeji sollte die Menschen an ihre Sterblichkeit erinnern. Der Tod trägt Weinkrüge – vielleicht, um die Römer vor den Folgen übermäßigen Alkoholgenusses zu warnen.

Fiorelli macht sich ausführliche Notizen, während er die Ausgrabungen überwacht.

Pompeji wurde unter zwei Metern Asche und Steinen, zwei Glutlawinen und einer Schlammlawine begraben.

Fortsetzung auf der nächsten Seite

Fortsetzung von Seite 29

Herculaneum

Im Jahre 79 war Herculaneum ein luxuriöser römischer Badeort. Als der Vesuv am 24. August ausbrach, blieb Herculaneum von der großen Aschenwolke, die Pompeji einhüllte, verschont. Kaum drei cm vulkanische Lockerstoffe waren auf Herculaneum herabgefallen, als plötzlich eine gewaltige Lawine von heißer Asche und Gas über die Stadt hereinbrach. Bei den ersten Ausgrabungen fand man kaum menschliche Überreste, woraus man schloss, dass die meisten Bewohner die Stadt rechtzeitig in Booten verlassen hatten. 1980 aber entdeckte man mehrere hundert Skelette, zusammengedrängt unter massiven Steinbögen, die einst den Strand gesäumt hatten. Hier muss eine große Menschenmenge Schutz gesucht haben.

NEPTUN UND AMPHITRITE
Bei Ausgrabungen im Innenhof des Hauses eines reichen Weinhändlers in Herculaneum fand man dieses Mosaik.

ALT UND NEU
Die Ausgrabungen der römischen Stadt haben ein tiefes Loch hinterlassen, das vom modernen Herculaneum umgeben ist. Der Weg zu den Ausgrabungsstätten ist mit Basalt (erkaltete Lava) gepflastert.

RÖMISCHE SKELETTE
Im Gegensatz zu den Funden von Pompeji sind die Skelette in Herculaneum nicht von Körperhohlformen umgeben. Der Grund dafür ist, dass die Erde, in der sie lagen, von Wasser durchtränkt war. Als die Körper verwesten, schmiegte sich die Asche immer weiter an, bis sie die Knochen umgab.

GRAB AUS HEISSEM STEIN
Herculaneum wurde von sechs Schlammlawinen heimgesucht, die die Stadt unter 20 m vulkanischen Ablagerungen begruben. Damit sind die Schichten aus Gestein und Tuffen (erhärtete Asche) fünfmal so hoch wie die, die Pompeji verschütteten.

AUS DEM LEHRBUCH
Diese Illustration von 1767 (oben) aus einem Lehrbuch der Geographie stellt wahrscheinlich den Vesuv-Ausbruch von 1760 dar.

Der Ausbruch von 1631 (links)

DER AUSBRUCH VON 1779
Darstellung des Vesuv-Ausbruchs von 1779 von Pietro Fabris in einem Buch des britischen Gesandten in Neapel, Lord Hamilton, über die Phlegräischen Felder

Touristenattraktion Vesuv

Die Römer, die im Schatten des Vesuvs lebten, wussten nicht, dass es sich bei diesem Berg um einen Vulkan handelte. Seit 800 Jahren hatte der Vesuv geschwiegen. Seine Hänge waren grün und fruchtbar. Nach 79 brach der Vulkan dann häufiger aus. Die größte Eruption in neuerer Zeit fand 1631 statt. Sie ließ nicht nur Asche auf die umliegenden Orte herabregnen, sondern auch Lava austreten. Seit dem 18. Jh. locken Ausgrabungen, Kunstschätze und der Berg selbst Touristen nach Neapel. Viele scheuen weder Kosten noch Mühen, um einen Blick in den rauchenden Krater des Vulkans zu werfen.

Dieser Kupferstich von 1885 zeigt Feuer, die von Lavaströmen entzündet wurden.

TOURISTENWARNUNG
Diese Karikatur zeigt englische Touristen 1890 am Krater des Vesuvs. Ein Reiseführer von 1883 nennt alle Bergführer Angeber und empfiehlt den Touristen, ihre ältesten Kleider anzuziehen, weil die Lava das Schuhwerk zerschneide und die Schwefeldämpfe die Farben der Kleidung zerstörten.

STILVOLL REISEN
Von 1890 bis 1944 brachte eine Bahnlinie die Touristen zum Krater des Vesuvs. Hier beobachten Reisende den Ausbruch von 1933.

SOUVENIRS VOM VESUV
Vor einigen hundert Jahren zählten römische Kunstgegenstände, die man von den Ausgrabungsorten entwendet hatte, zu den beliebtesten Souvenirs aus Neapel. Seit es strenge Überwachungen gibt, sind Gesteine beliebte Andenken.

Vulkane und Wetter

ANFÄNGE DER ERDE
Vor etwa 4 Mrd. Jahren war die Erde noch nicht von einer Lufthülle umgeben, ihre Oberfläche war bedeckt von Feuer speienden Vulkanen. Das Wasser der Ozeane und viele Gase, aus denen sich die Lufthülle zusammensetzt, entstanden durch Vulkanausbrüche im Laufe der Jahrmillionen.

Ascheneruptionen verdunkeln die Sonne und bringen Stürme und heftige Regen- oder Schlammgüsse, die die Lage im Katastrophengebiet noch verschlimmern. In die Atmosphäre geschleuderte Aschenteilchen werden in den oberen Luftschichten weit um den Erdball getragen; globale Klimaveränderungen sind die Folge. Das vulkanische Material filtert einen Teil der Sonnenstrahlen aus: Die Temperaturen sinken. Sonne und Mond erscheinen verändert. Das führt teilweise zu Aufsehen erregenden Sonnenauf- und Sonnenuntergängen. Sonne und Mond können von Ringen, sogenannten Halos, umgeben sein oder in ungewohnten Farben erstrahlen. Nach zwei großen Eruptionen im Jahre 1783 hatten Polarforscher mit ungewöhnlich dickem Packeis zu kämpfen. Auf Dauer können vulkanische Staubteilchen eine Abkühlung der Erde, ja sogar Eiszeiten nach sich ziehen. Das Aussterben vieler Arten kann die Folge sein.

KLEINE EISZEIT
Auf zwei größere Vulkanausbrüche im Jahre 1783, den der Lakispalte auf Island (S. 24) und den des Asamajama in Japan, folgten mehrere strenge Winter auf der Nordhalbkugel.

DER TOD DER RIESEN
Bis heute ist die Ursache für den Untergang der Dinosaurier nicht geklärt. Vielleicht waren durch Vulkanausbrüche verursachte, weltweit tiefere Temperaturen der Grund.

VULKANISCHE SONNENUNTERGÄNGE
186 n. Chr. beschrieben die Chinesen außergewöhnlich rote Sonnenauf- und Sonnenuntergänge. Grund dafür waren Emissionen durch den Ausbruch des Taupo/Neuseeland. Der Sonnenuntergang auf dem Foto unten war eine Folge der Eruption des Mount St. Helens (1980).

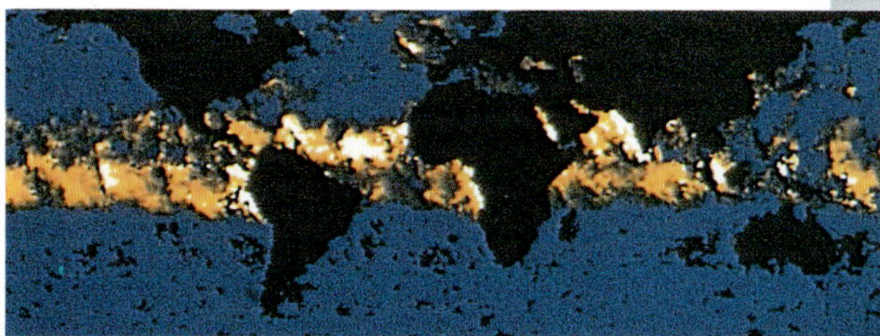

UM DIE GANZE WELT
Beim Ausbruch des Pinatubo im Juni 1991 (rechts und S. 17) wurden Gas und Asche in die Stratosphäre geschleudert. Satellitenbilder (oben) zeigen, dass sich die Staubpartikel innerhalb eines Monats um die ganze Erde verteilt hatten.

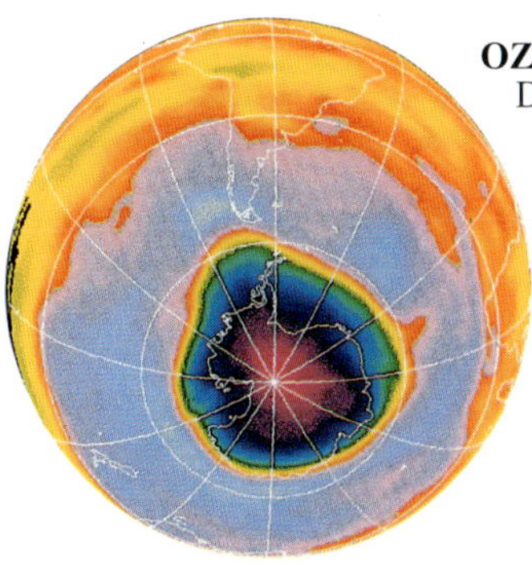

OZONLOCH
Dieses Satellitenbild zeigt das Loch in der Ozonschicht über der Antarktis. Die Schwefelverbindungen, die vom Pinatubo in die Atmosphäre geschleudert wurden, könnten diesen Strahlenschutzmantel der Erde weiter beschädigen.

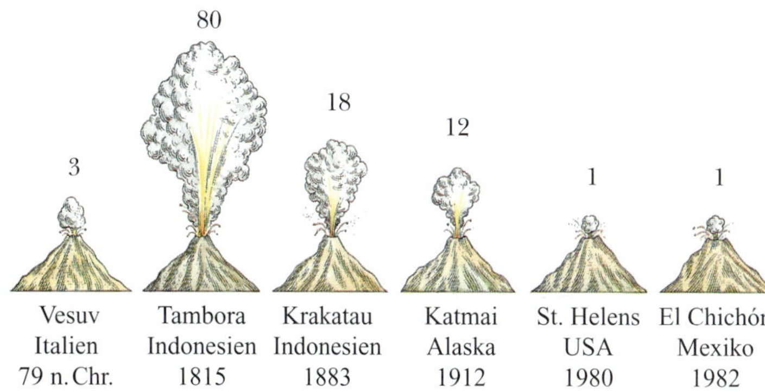

ERUPTIONSVERGLEICH
Die Aschenmengen, die ein Vulkan ausspeit, sind ein gutes Maß für die Gewalt der Eruption. Hier wird die Gesamtemission (in km^3) sechs größerer Vulkanausbrüche verglichen. Der Katmai bedeckte 1912 abgelegene Gebiete Alaskas mit riesigen Mengen von Asche, der Ausbruch des Tambora kostete 1815 über 90.000 Indonesier das Leben. 1991 blies der Pinatubo sieben km^3 Asche in die Luft.

GRÜNE SONNE, BLAUER MOND
1883 wurde die Insel Krakatau durch eine gewaltige vulkanische Explosion in Stücke gerissen. Der Lärm der Explosion war noch 4000 km entfernt im australischen Alice Springs zu hören. Staub und Gas verfärbten die Sonnenuntergänge in Europa, wo Sonne und Mond teilweise blau oder grün erschienen. Inseln aus schwimmendem Bimsstein trieben noch Monate danach auf dem Indischen Ozean und gefährdeten die Schiffahrt. Dieses Bimsstück wurde 7000 km von Krakatau entfernt auf der afrikanischen Insel Madagaskar an Land gespült.

Eine künstlerische Darstellung der Eruption des Krakatau in Indonesien (1883)

VULKAN, GOTT DES FEUERS
Die alten Römer hielten den Vulkan Solfatara bei Neapel für den Eingang zur Unterwelt. Er galt außerdem als Schmiedewerkstatt des Gottes Vulkan, nach dem die Feuer speienden Berge benannt wurden.

Heißer Dampf und warmer Schlamm

Wo Vulkanismus am Werk ist, wird auch das Grundwasser erwärmt. Während der Vulkan schläft oder langsam erlischt, tritt heißes Wasser in Geisern und heißen Quellen aus, blubbert in Schlammtöpfen oder steigt als Wasserdampf aus Fumarolen. Solche auf heißes Wasser zurückgehenden (hydrothermale) Erscheinungen prägen Landschaften in weit voneinander entfernten Teilen der Welt wie Japan, Neuseeland, Island, Italien und den USA. Wo das heiße Wasser nicht zu säurehaltig ist und beständig fließt, kann es sich der Mensch zu Nutze machen. Mit Dampf lassen sich Dampfmaschinen antreiben und Elektrizität erzeugen. In Island wird das Wasser aus den heißen Quellen in die Städte geleitet, wo man damit Haushalte und Gewächshäuser heizt.

MESSUNG DER ERDTEMPERATUR
Mit einem Thermoelement (S. 43) wird die Temperatur einer Fumarole im Solfatara-Krater gemessen. Hier wird es bis zu 140 °C heiß. Veränderungen der Temperatur und der ausgeschiedenen Gasmengen lassen auf bevorstehende Eruptionen schließen. Solche Untersuchungen sind notwendig, wenn man die Erdwärme einer Region anzapfen will. Bei zu großen Schwankungen ist eine wirtschaftliche Nutzung nicht möglich.

SCHWEISSTREIBEND
Die Fumarolen im Solfatara-Krater scheiden nicht nur Dampf, sondern auch saure Gase aus. Dieses Observatorium aus dem 19. Jh. wird von der Fumarolentätigkeit zerfressen. Wo der Dampf in Grotten austritt, schreibt man ihm seit alters heilende Kräfte zu. Schon die Römer nahmen Dampfbäder zur Behandlung von Arthritis und Atemwegserkrankungen oder einfach zur Entspannung.

SCHWEFELKRISTALLE
Der Schwefel in vulkanischen Dämpfen kühlt sich ab und bildet Kristalle. Unter den richtigen Bedingungen wachsen große, durchscheinende Kristalle dieses nichtmetallischen chemischen Elements wie diese aus Sizilien, wo seit Jahrhunderten Schwefel abgebaut wird. Schwefel findet in der Industrie vielfach Verwendung. Man mischt z. B. Gummi mit Schwefel, um ihn härter zu machen. Diesen Prozess der Gummiveredelung nennt man Vulkanisierung.

SCHLAMMSPRUDEL
Wo die sauren Schwefelgase das Gestein zersetzen, entstehen Schlammlöcher oder Schlammtöpfe, an deren Oberfläche die Gasblasen mit einem blubbernden Geräusch platzen. Der Schlamm in diesem Schlammtopf des Solfatara ist 60 °C heiß. Manche Schlammtümpel sind wesentlich heißer, andere haben eine angenehme Temperatur, sodass Menschen darin baden können. Schlammbäder sind als Schönheitspflege beliebt: Die Haut wird davon weich und samtig.

SCHLECHTER ATEM
An dieser Fumarole sind nadelförmige Schwefelkristalle zu erkennen. Direkt an der Austrittsöffnung riecht man die Gase nur. Sehen kann man sie erst, wenn wie bei einem Kessel der enthaltene Wasserdampf in einigen Zentimetern Entfernung kondensiert.

RÖMISCHE BÄDER
Bäder, die von natürlichen heißen Quellen gespeist wurden, waren bei den alten Römern beliebte Kurorte, in denen die Menschen im mineralreichen Wasser Linderung ihrer Leiden suchten. Viele Römerthermen sind noch heute Badeorte.

Kruste aus winzigen Schwefelkristallen von einer Fumarole auf Java/Indonesien

Souvenirteller mit dem Old-Faithful-Geiser im Yellowstone-Nationalpark/ USA (S. 7)

DAMPFKRAFT
Etwa 40% der isländischen Energie werden in Dampfkraftwerken gewonnen. Mit verbesserten Technologien kann man diese Energiequelle zunehmend nutzen. Japan, die USA und Neuseeland entwickeln heute hydrothermale Energieprogramme nach isländischem Vorbild.

Schlafende Schönheiten

Auf den verwitterten Resten eines alten Vulkans steht die Kirche von Le Puy/Frankreich.

Manchmal verhalten sich Vulkane über Jahre oder Jahrhunderte ruhig, ehe sie wieder ausbrechen. In den Ruhepausen zwischen Vulkanausbrüchen oder wenn der Vulkanismus ganz abklingt, können Gase aus dem sich abkühlenden Magma unter dem Vulkan entweichen. Wenn diese Gase durch das Gestein des Vulkanberges aufsteigen, reagieren sie mit Mineralien im Gestein zu neuen Mineralien. Diese sind oft farbenprächtig und bilden große Kristalle. An der Erdoberfläche entweichen die Gase langsam in die Atmosphäre. Der Krater, den die letzte Eruption hinterließ, verwittert langsam. Pflanzen siedeln sich an (S. 40–41) und Abnutzung durch Wind und Wasser flacht die Hänge ab. Nach zehntausenden von Jahren kann man kaum noch erkennen, dass hier jemals ein Vulkan war. Dann ist anzunehmen, dass der ehemals Feuer speiende Berg erloschen ist.

Strahlige Zeolithkristalle von den Färöerinseln

AUS LAVA ERWACHSEN
Zeolithkristalle wachsen in den verschiedensten Farben und Formen in alten Gasblasen der Lava.

ACHATE
bilden sich in Hohlräumen erkalteter oder erkaltender vulkanischer Gesteine. Die von Eisenoxiden und -hydroxiden bunt gefärbten Bänder lagerten sich nacheinander ab.

Die äußeren Schichten des Achats sind die ältesten.

Abenteurer steigen 1868 in den Krater des Hekla/Island hinunter.

KRATERSEE
Füllen sich Vulkankrater mit Regenwasser, entstehen Kraterseen (sog. Maare). Das Wasser im Krater des japanischen Shirane ist auf Grund der Gase, die aus der Magmenkammer unter dem Vulkan aufsteigen, sehr sauer. Bei einer Eruption würde das saure Wasser ausgespien. Vermischt mit heißem Gestein und vulkanischen Lockerstoffen könnte es als tödliche Schlammlawine bergab strömen (S. 56–57).

Leuchtend bunte Steine am Solfatara (Illustration von Pietro Fabris)

Brillant (geschliffener Diamant)

Olivin von der Johannesinsel im Roten Meer

Edles aus dem Feuerberg

Die heißen vulkanischen Flüssigkeiten enthalten einige seltene chemische Elemente in hoher Konzentration. Diese kühlen in Gasblasen oder anderen Hohlräumen im vulkanischen Gestein ganz langsam ab. Dadurch entstehen große, perfekt geformte Kristalle, die man als Edelsteine schleifen kann. Ihr Wert hängt u. a. von der Härte ab. Am härtesten ist Diamant. Wegen ihrer herrlichen Farben sind jedoch auch weichere Steine begehrt.

Rohdiamant in vulkanischem Gestein aus dem Erdmantel aus Kimberley/Südafrika

Peridot

EDLES GRÜN VOM ROTEN MEER
Olivin in Edelsteinqualität ist tiefgrün. Geschliffenen Olivin bezeichnet man als Peridot.

Achat-Geode (mit Achat überzogener Hohlraum im Gestein) aus Brasilien

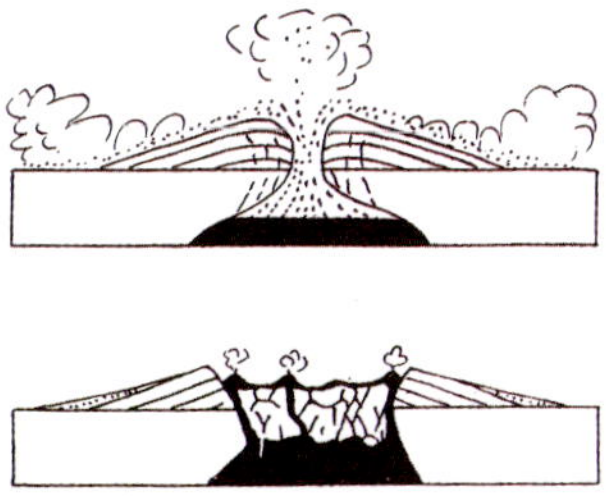

ENTSTEHUNG EINER CALDERA
Wenn durch heftige Vulkanausbrüche die Magmenkammer unter dem Vulkan allmählich „ausgepumpt" wird und kein neues Magma nachfließt, bricht der Vulkan ein. Es entsteht ein großer, runder Einsturzkrater, die Caldera (von span. „Kessel"). Calderen können einen Durchmesser von über 20 km haben.

ATLANTIS?
Thera und die benachbarten Inseln der Santoringruppe sind die Ränder einer Caldera, die bei einem gewaltigen Vulkanausbruch im Jahre 1450 v. Chr. entstand. Die verheerende Explosion bewirkte möglicherweise den Untergang der minoischen Kultur auf Kreta und war damit vielleicht der Ursprung des Mythos von Atlantis.

AM RANDE DER CALDERA
Mount Rainier gehört zu einer Kette aktiver Vulkane, die (wie der Mount St. Helens) auf der Kaskadenkette am Rande des pazifischen Feuerrings liegen. Wahrscheinlich brach der Mount Rainier im 19. Jh. mehrmals aus. Das kann man an den Jahresringen der Bäume in seiner Umgebung ablesen, da Bäume mit einer Wachstumshemmung auf einen Ausbruch reagieren.

Neues Leben auf der Lava

Lavastrom am Vesuv 1944

Basalt (erkaltete Lava)

Dichte, ineinander verschränkte Kristalle

Auf der erkalteten Lava siedeln sich erste Flechten an.

Die Auswirkungen eines Vulkanausbruchs auf die Landschaft sind gewaltig. Für Landbesitzer und Bauern ist eine Eruption, die weniger als 20 cm Asche regnen lässt, ein Segen: Die sehr nährstoffreiche Asche düngt den Boden. Doch zu viel Asche ist ein Fluch. Noch schlimmer ist es, wenn das Ackerland von Lavaströmen überrollt wird. Es dauert Monate, bis die Lava abgekühlt ist, und Jahrzehnte, bis sich auf dem kahlen Stein Flechten und Moose ansiedeln. Dann folgen Blütenpflanzen – erst kleinere Arten, schließlich auch Bäume. Das Gestein verwittert langsam, die Wurzeln der Pflanzen beschleunigen den Prozess, bei dem aus Steinen fruchtbarer Boden wird. Erst wenn die Lava verwittert ist, was Generationen dauern kann, hat man wieder fruchtbaren Ackerboden.

VERWURZELT
Ein Farn hat auf einem Stricklavastrang des Kilauea/Hawaii Fuß gefasst, der erst ein Jahr alt ist.

Flechten überziehen das Vulkangestein mit einem weichen Teppich, auf dem sich nun auch andere Organismen ansiedeln können.

Gräser sind oft die ersten Blütenpflanzen, die sich auf Lava ansiedeln.

Erste Humusbildung

Das Gestein verwittert zu Erde; Gras und Moos siedeln sich an.

Flechten an exponierten Stellen

Auf der dünnen Erdschicht wachsen zwei Moosarten.

FLECHTEN UND MOOSE
Ascheablagerungen werden schnell vom Leben zurückerobert. Auf Lavaströmen dauert es länger. Auch Klima und Höhe über dem Meeresspiegel spielen eine Rolle – am schnellsten fassen Pflanzen in den Tropen Fuß. Die abgebildeten Gesteinsbrocken stammen alle von einem Aa-Strom, der sich 1944 über den Westhang des Vesuvs ergoss. Etwa 47 Jahre später sind weite Teile des ehemaligen Lavastroms von Flechten bedeckt; Moose, Gräser und krautige Pflanzen haben sich eingefunden. Die einzigen Bäume, kleine Pinien, wurden angepflanzt.

Der neue Kegel besteht noch aus blanker Asche.

Monte Somma ist Teil einer Caldera, die bei einer gewaltigen prähistorischen Eruption entstand.

Pinienwälder bedecken die unteren Hänge.

Nach einer schwachen Eruption im Jahre 1885 raucht der Vesuv.

GEBURT EINER INSEL
Im November 1963 erhob sich durch eine untermeerische Eruption vor der Südwestküste Islands die neue Insel Surtsey (S. 20) aus dem Meer. Noch am dritten Tag (oben) waren die Ausbrüche sehr explosiv.

ANGESPÜLT
Samen, die auf Surtsey angespült oder angeweht wurden, fassten bald auf den Aschefeldern Fuß. Der Strand selbst war für die meisten Pflanzen zu unwirtlich.

FRUCHTBAR
Der Boden am Vesuv wurde in den letzten 2000 Jahren immer wieder durch Ascheregen gedüngt. Dadurch wachsen dort die Reben besonders gut, der Weinbau ist ein blühender Erwerbszweig.

LACRIMA CHRISTI
Auf dem Etikett dieser Weinflasche ist der Vesuv abgebildet, an dessen Hängen der Wein wächst. Ohne die Nährstoffe, die die vulkanische Asche enthält (z. B. Kalium und Phosphat), würden die Trauben nicht so üppig wachsen und der Wein wäre nicht so süß.

Das Tagpfauenauge lebt von Blütennektar.

Krautige Blütenpflanze

Schließlich ist die Humuslage dick genug, dass auch größere Pflanzen darauf wachsen können.

RÖMISCHE AMPHOREN
Die großen Amphorenlager, die man in Pompeji fand, zeigen, dass schon damals am Vesuv Weinbau betrieben wurde.

Dieses pompejanische Mosaik zeigt Venus, die Göttin der Fruchtbarkeit.

BLASENSTRAUCH
Diese Ginsterart mit den leuchtend gelben Blüten ist eine der ersten Pflanzen auf der Lava des Vesuvs.

Vulkanologie

Vulkanologen beobachten, untersuchen, überwachen und deuten vulkanische Erscheinungen, um so Daten zur Vorhersage der nächsten Eruption zu gewinnen. Der größte Teil der Arbeit besteht in der Auswertung von Messdaten in einem Labor, doch Freilandarbeit an tätigen Vulkanen ist unverzichtbar. Dort nehmen die Vulkanologen Lava- und Gasproben, messen Temperaturänderungen und notieren Veränderungen der Landformen. Damit sie nahe an den Feuer speienden Schlund von Vulkanen herangehen können, tragen die Wissenschaftler Spezialkleidung. Wesentlich sind Kenntnisse über andere Vulkane und frühere Ausbrüche des untersuchten Feuerberges. Denn selbst nach jahrhundertelanger Forschung kann man auch heute Vulkanausbrüche nicht genau vorhersagen. Sogar die erfahrensten Vulkanologen können böse Überraschungen erleben – und die sind oft lebensgefährlich.

KATIA KRAFFT
Die französischen Vulkanologen Katia und Maurice Krafft widmeten ihr Leben der Dokumentation von Vulkanen. Hier untersucht Katia Krafft im feuerfesten Schutzanzug eine Feuerfontäne. Das Forscherehepaar kam 1991 bei der Eruption des Unzen/Japan ums Leben.

RAUMANZUG?
Der Metallüberzug dieses Schutzanzugs reflektiert Hitze, sodass es im Anzug angenehm kühl bleibt. Doch man kann in diesem Panzer nicht sehen, hören oder fühlen, was draußen vor sich geht. Der plumpe Anzug schränkt die Bewegungsfreiheit ein, sodass man bei Gefahr nicht schnell davonlaufen kann.

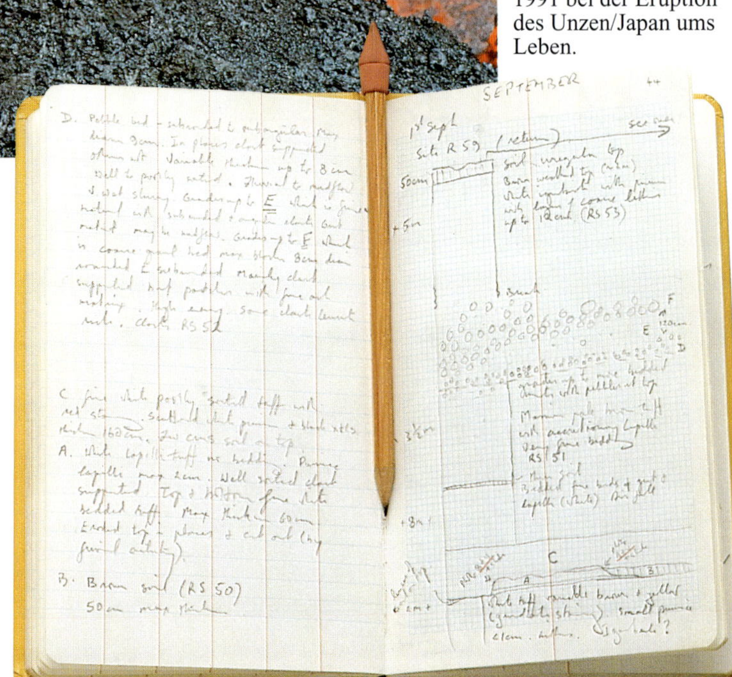

VULKANBIOGRAPHIE
In seinem Notizbuch protokolliert der Vulkanologe den Verlauf eines Vulkanausbruchs. Es enthält Notizen und Skizzen von allen Ereignissen während des Ausbruchs. Die Bedeutung vieler Geschehnisse wird erst später klar.

Schutzhelm

HEISSES EISEN
Mit solchen Metallstangen kann man Proben rot glühender Lava nehmen. Der Vulkanologe hält die Stange an einem Ende fest, taucht das andere in die Lava und dreht einen Tropfen ab. Sobald die Lava aus dem Strom entnommen ist, kühlt sie rasch ab.

Fernglas

BAND-MASS
Mit solch einem Bandmaß misst man Risse im Boden, die sich von einem Tag zum nächsten verbreitern können.

Handschuhe aus feuerfestem Asbest

NÄHER BETRACHTET
Mit einem Fernglas kann man Einzelheiten betrachten, ohne dass man dem Vulkan (hier Kilauea / Hawaii) zu nahe kommt.

ZU HEISS ZUM ANFASSEN
Bei der Arbeit mit und an heißer Lava tragen Vulkanologen Asbesthandschuhe. Ein Helm schützt vor kleineren vulkanischen Bomben.

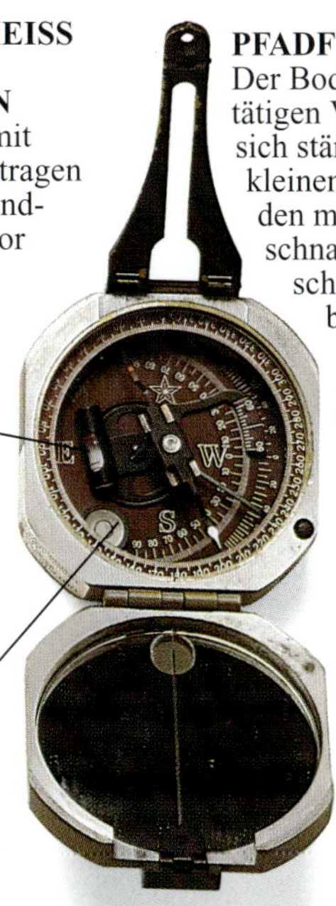

PFADFINDER
Der Boden eines tätigen Vulkans verändert sich ständig. Mit solch einem kleinen Kreiseltheodoliten, den man am Gürtel festschnallt, kann man einfach und schnell kartieren. Das Gerät besteht aus Kompass und „Libelle“ (mit der man wie mit einer Wasserwaage Waagerechte und Senkrechte feststellen kann).

Libelle

Kompass

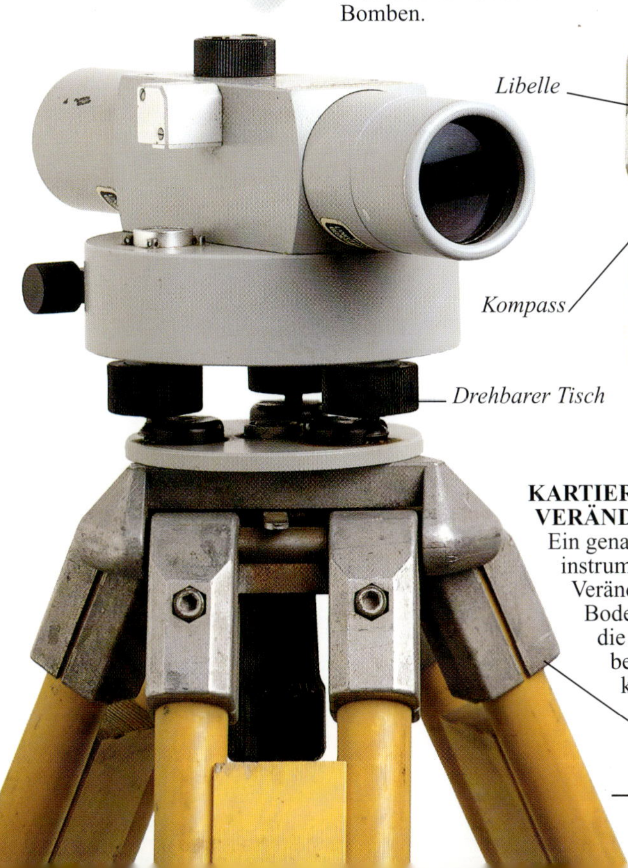

Drehbarer Tisch

KARTIERUNG DER VERÄNDERUNG
Ein genaues Nivellierinstrument kann kleinste Veränderungen im Bodenniveau erkennen, die für Vorhersagen bedeutsam sein können.

Zusammenklappbares, tragbares Stativ

Die Skala reicht bis 250 °C.

TEMPERATURMESSUNG
Katia Krafft misst die Temperatur eines Lavastroms am Piton de la Fournaise auf Réunion (S. 22–23). Ein normales Thermometer aus Glas würde schmelzen, deshalb benutzt sie ein sog. Thermoelement. Die gemessene Temperatur betrug 1100 °C, d.h. sie lag 300 °C unter dem Schmelzpunkt von Stahl.

Außerirdische Vulkane

Die Weltraumforschung hat ergeben, dass vulkanische Aktivität einer der wichtigsten geologischen Prozesse im Sonnensystem ist. Die Ausbeute der vielen Weltraummissionen der letzten Jahrzehnte sind Fotos und sogar Gesteinsproben. Einige Raumsonden werden nie zur Erde zurückkehren, doch sie dringen immer weiter ins All vor und funken Informationen zur Erde, mit deren Hilfe Computer ein Bild von fernen Planeten entwerfen. Wir wissen heute, dass viele Himmelskörper von Kratern übersät sind. Doch nur die wenigsten davon sind vulkanischen Ursprungs; die meisten stammen von Meteoriteneinschlägen. Wie die Erde haben auch Mond, Venus und Mars eine feste Kruste, die zum Teil vulkanisch geformt wurde. Man nimmt an, dass die Vulkane der Venus noch aktiv sind. Doch von allen anderen Himmelskörpern unseres Sonnensystems gibt es nur auf Io, einem der 16 Jupitermonde, noch tätige Vulkane.

PLANETENPUTZ
Der Held von Antoine de Saint-Exupérys Kinderbuch *Der kleine Prinz* lebt auf einem Planeten (Asteroid B-612) mit zwei tätigen Vulkanen. Bevor er verreist, reinigt er sie, damit sie während seiner Abwesenheit nicht ausbrechen; er weiß, dass dies geschehen kann, wenn ihre Kamine verstopft sind. Auch seinen erloschenen Vulkan reinigt er, denn: „Man kann nie wissen!“

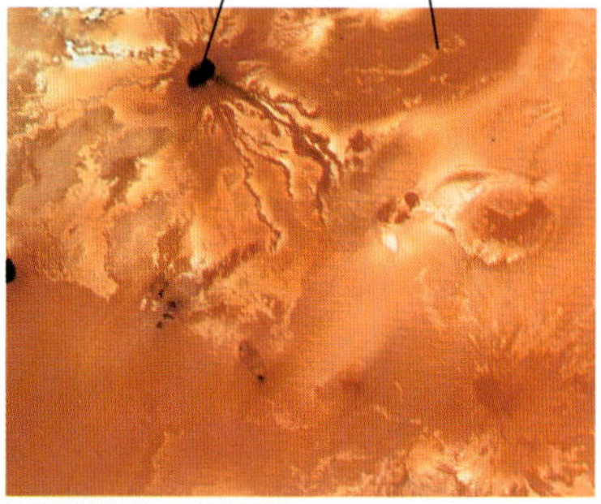

BUNTER MOND
Als die beiden Voyager-Sonden 1979 an Io vorbeiflogen, enthüllten sie die bunteste Welt unseres Sonnensystems (außerhalb der Erde). Der Jupitermond ist rot, gelb, orange und braun gesprenkelt – in den Farben des erkaltenden Schwefels.

MARSOLYMP
Der erloschene Vulkan Nix Olympica mit 600 km Durchmesser, 2500 m Höhe und einer Gipfelcaldera von über 70 km Weite ist nicht nur der höchste Berg auf dem Mars – seine Ausmaße stellen alle bisher in unserem Sonnensystem entdeckten Vulkane in den Schatten. Er ist größer als die gesamte Hawaii-Inselkette (S. 22–23).

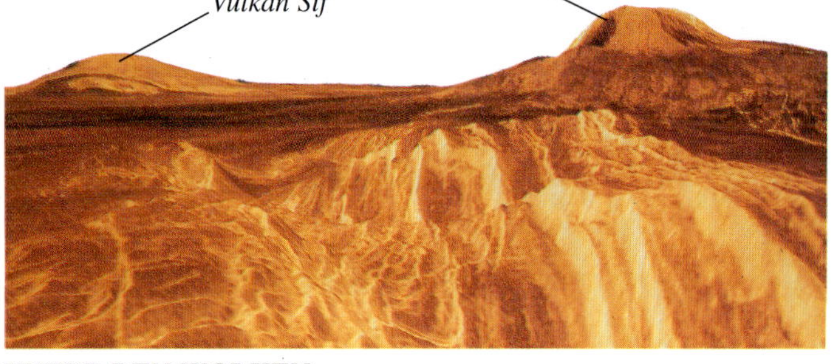

UNTER DEN WOLKEN
Die Raumsonde Magellan durchdrang mit Radarwellen die dichte Atmosphäre der Venus. Ihre Bilder zeigen riesige Vulkane und Einschlagskrater. Wie die meisten geographischen Punkte der Venus tragen auch die Vulkane Frauennamen, u.a. standen Göttinnen aus verschiedenen Mythologien Pate.

AUSBRUCH INS ALL
Die beeindruckendsten Aufnahmen der Raumsonde Voyager stammen vom Ausbruch des Vulkans Prometheus auf dem Jupitermond Io. Aufdiesem Bild speit der Vulkan eine 160 km hohe Gasfahne aus. Sie erscheint hell vor dem dunklen Hintergrund des Alls. Die Gaswolken schießen weit in den Raum, da die Anziehungskraft des kleinen Mondes gering ist und er praktisch keine Atmosphäre besitzt.

Tank für Treibstoff, den man für kleine Kurskorrekturen benötigt

RAUMREISEN
Die beiden 1977 gestarteten Voyager-Raumsonden flogen 1979 am Jupiter vorbei und 1980/81 am Saturn. Die Abbildung zeigt ein Modell der Voyager I, die bis zum Saturn gelangte, ehe sie in der Weite des Alls verschwand. Voyager II passierte 1986 Uranus. 1989 sandte sie Daten von Neptun zur Erde.

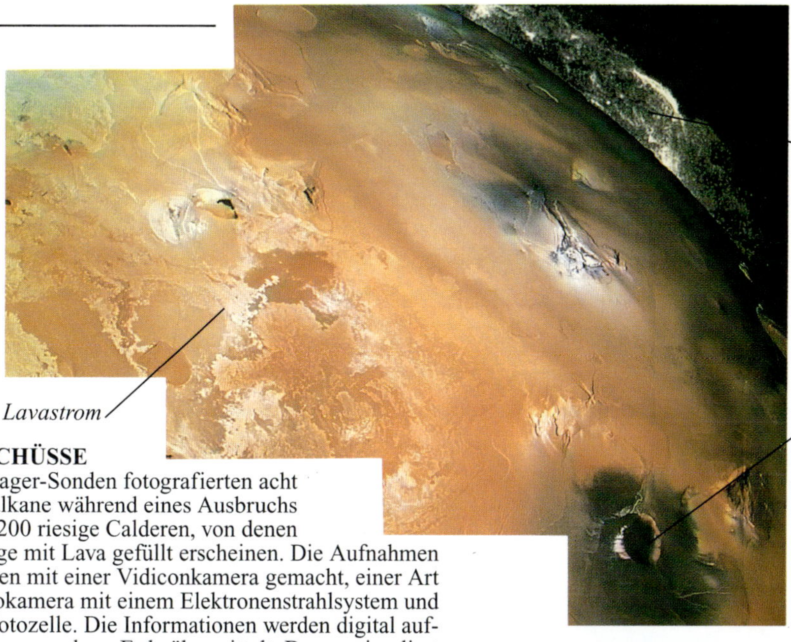

300 km hohe Gasfahne vom Vulkan Pele

Lavastrom

Der inaktive Vulkan Babbar Patera erscheint dunkel.

STERNSCHÜSSE
Die Voyager-Sonden fotografierten acht Io-Vulkane während eines Ausbruchs sowie 200 riesige Calderen, von denen einige mit Lava gefüllt erscheinen. Die Aufnahmen wurden mit einer Vidiconkamera gemacht, einer Art Videokamera mit einem Elektronenstrahlsystem und einer Fotozelle. Die Informationen werden digital aufgenommen und zur Erde übermittelt. Daraus simuliert der Computer „Fotos".

Wenn die Erde bebt

„Mir platzt der Kopf – hoffentlich nie wieder.“ (Karikatur anlässlich des Erdbebens 1906 in San Francisco)

Ein Erdbeben zu erleben ist schrecklich, denn die Erschütterung des Bodens unter unseren Füßen stört nicht nur das körperliche, sondern auch das seelische Gleichgewicht. Dauer und Stärke eines Bebens sind nicht absehbar, wenn es beginnt. Der längste Erdstoß wurde am 23. Mai 1964 in Alaska registriert; er dauerte vier Minuten (S. 57). Doch meist bebt die Erde nur für Sekunden. In diesen wenigen Augenblicken aber können Wohn- und Geschäftshäuser, ja ganze Städte zerstört werden. Manchmal scheint die Erde Wellenbewegungen zu vollführen. Danach finden sich oft große Risse im Boden. Seltsamerweise zeigt das Gestein manchmal keine sichtbaren Zeichen des Bebens. Einem großen Erdbeben folgen oft kleinere Nachbeben, die für die Bevölkerung im Erdbebengebiet oft nicht weniger verheerende Auswirkungen haben.

AUF SAND GEBAUT
Diese Holzhäuser im Stadtteil Marina in San Francisco waren 75 Jahre vor dem Beben von 1989 auf einer Erdaufschüttung gebaut worden. Durch das Beben verdichtete sich der Untergrund und die Häuser stürzten ein.

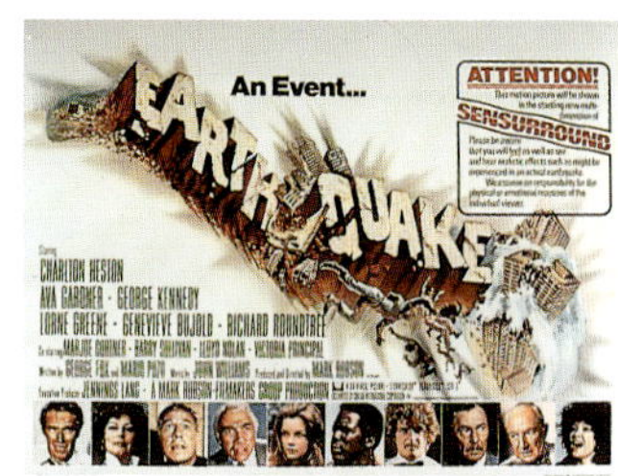

KATASTROPHENFILM
Bei dem Film *Erdbeben* wurde der „Sensurround“-Effekt genutzt: Sehr tiefe Töne vermittelten dem Zuschauer das Gefühl eines Beben.

PANIK
In Panik verlassen die Menschen ihre Häuser, als 1906 ein Erdbeben Valparaiso/Chile erschüttert. Die Häuser fallen in sich zusammen.

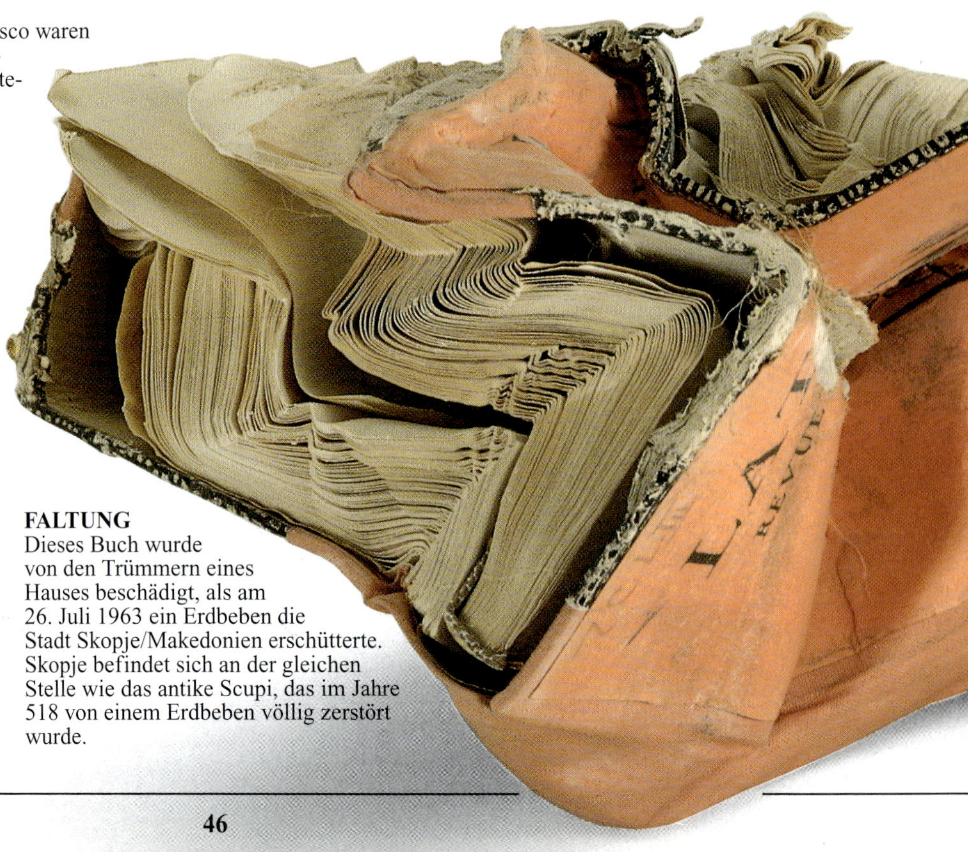

FALTUNG
Dieses Buch wurde von den Trümmern eines Hauses beschädigt, als am 26. Juli 1963 ein Erdbeben die Stadt Skopje/Makedonien erschütterte. Skopje befindet sich an der gleichen Stelle wie das antike Scupi, das im Jahre 518 von einem Erdbeben völlig zerstört wurde.

Jupitertempel

TEMPELERSCHÜTTERUNG
Im Jahre 62 – 17 Jahre vor dem katastrophalen Vesuv-Ausbruch – wurden Pompeji und Herculaneum (S. 26–31) von einem Erdbeben heimgesucht. Dieser Marmorfries aus einem Haus in Pompeji zeigt die Zerstörung des Jupitertempels.

WENN DIE ERDE AUFBRICHT
Felsen reißen auf Grund der Spannung, die tektonische Plattenbewegungen (S. 12–13) aufbauen. Ein Erdbeben von 6,9 auf der Richter-Skala (S. 48–49) spaltete diese Straße.

BODENSPALTUNG
Vulkanausbrüche werden von Erdbeben begleitet. Diese sind relativ schwach und werden von Magmaflüssen unter dem Vulkan hervorgerufen. Hier hat vor dem Ausbruch des Piton de la Fournaise (S. 11, 23) aufsteigendes Magma den Boden aufgerissen.

AUFGERÜTTELT
In seinen *Naturales questiones* („Naturfragen") beschrieb der römische Philosoph und Dichter Seneca das Erdbeben, das im Jahre 62 Pompeji zerstörte. Ihn interessierten v.a. die Auswirkungen des Bebens auf die menschliche Psyche. Er hielt Angst für eine natürliche Reaktion, denn Erdbeben erschüttern, worauf Menschen bauen.

GLASIERT
Dieser Kalksteinbrocken hat eine natürliche Glasur. Seine Oberfläche ist durch die gewaltige Hitze, die durch die Reibung beim Auseinanderbrechen des Gesteins entstand, fast geschmolzen.

SATIRE AUF DEN ABERGLAUBEN
Voltaire (1694–1778) verarbeitete in seinem satirischen Roman *Candide* das Lissabonner Erdbeben von 1755. Er machte sich über Kirchenmänner lustig, die behaupteten, Gott habe die Stadt für ihre Lasterhaftigkeit gestraft, und über die Lissabonner, die Ausländer für das Beben verantwortlich gemacht und hingerichtet hatten.

BEBEN, FEUER UND FLUT
Das Erdbeben von 1755 zerstörte drei Viertel von Lissabon. Der Rest fiel Feuern zum Opfer, die noch sechs Tage nach dem Beben brannten. Gewaltige Flutwellen (S. 56–57) zerstörten den Hafen. Über 10.000 Menschen kamen ums Leben. Ganz West- und Mitteleuropa zitterte und auch in Nordafrika forderte das Lissabonner Beben noch Opfer.

Erdbebenmessung

Wie misst man die Stärke eines Erdbebens? In den Radio- und Fernsehnachrichten ist immer von Werten auf der Richter-Skala die Rede. Diese Werte geben die freigesetzte Energie an. Sie lassen sich aus einem Seismogramm (Aufzeichnung der Erdbebenwellen, S. 52–55) ermitteln. Die Magnitude errechnet sich aus der Amplitude (Ausschlagshöhe) der Erdbebenwellen auf dem Seismogramm und der Entfernung des Erdbebenortes vom Seismographen (Aufzeichnungsgerät). So kann man überall auf der Erde Angaben über die Stärke eines Bebens machen, selbst wenn es auf der anderen Erdhalbkugel stattgefunden hat. Der Seismograph registriert die leisesten Erschütterungen. Dort aber, wo die Erde gebebt hat, ist das Ausmaß der Schäden von besonderer Bedeutung. Diese kann man anhand der Mercalli-Skala (Begutachtung der Schäden und Befragung der Überlebenden) einordnen. Jedes Erdbeben hat nur einen Wert auf der Richter-Skala, aber mehrere Werte auf der Mercalli-Skala, da die Auswirkungen des Bebens vom Epizentrum her abnehmen, aber noch in einiger Entfernung vom Erdbebenherd spürbar sind.

Guiseppe Mercalli (1850–1914)

Mercalli

Der italienische Vulkanologe Guiseppe Mercalli entwickelte seine Skala 1902. Sie umfasst zwölf Stufen, die mit römischen Zahlen gekennzeichnet werden – von I (nur von wenigen bemerkt) bis XII (völlige Zerstörung).

I Das Beben wird von Seismographen aufgezeichnet, für Menschen ist es nicht spürbar.

II Ruhende Menschen spüren die Erschütterung – vor allem in höheren Stockwerken. Eventuelles Schwingen hängender Gegenstände.

III Menschen spüren das Beben innerhalb geschlossener Gebäude wie die Erschütterung durch einen vorbeifahrenden Lastwagen. Hängende Gegenstände schwingen (oben).

IV Vibration wie durch einen vorbeifahrenden Panzer. Geschirr klappert und Holzwände knacken.

V Im Freien spürbar. Flüssigkeiten schwappen aus Gläsern, kleine Gegenstände fallen um. Türen schwingen auf und zu.

VI Jeder spürt das Beben. Menschen schwanken beim Gehen; Fenster und Geschirr zerbrechen. Bilder fallen von der Wand; kleine Glocken klingeln.

Richter

Der amerikanische Geophysiker Charles F. Richter stellte in den 1930er-Jahren eine Skala auf, auf der die freigesetzte Energie gemessen wird. Als Grundlage dient die Aufzeichnung der Erdbebenwellen mit Seismographen (S. 52–53). Die Höhe des Ausschlags (Amplitude) ergibt zusammen mit einem Entfernungsfaktor die Magnitude des Bebens. Die Richter-Skala wird heute in aller Welt zur schnellen, objektiven Erdbebenmessung benutzt.

Der amerikanische Geophysiker Charles F. Richter (1900–1985)

ERSCHÜTTERUNGS-PROTOKOLL
Das schwächste Beben, das Richter damals aufzeichnen konnte, bezeichnete er mit dem Wert 0. Die heutigen Aufzeichnungsgeräte sind viel empfindlicher, sodass die schwächsten Beben mit negativen Zahlen bezeichnet werden. Die höchsten Werte lagen bisher um 9.

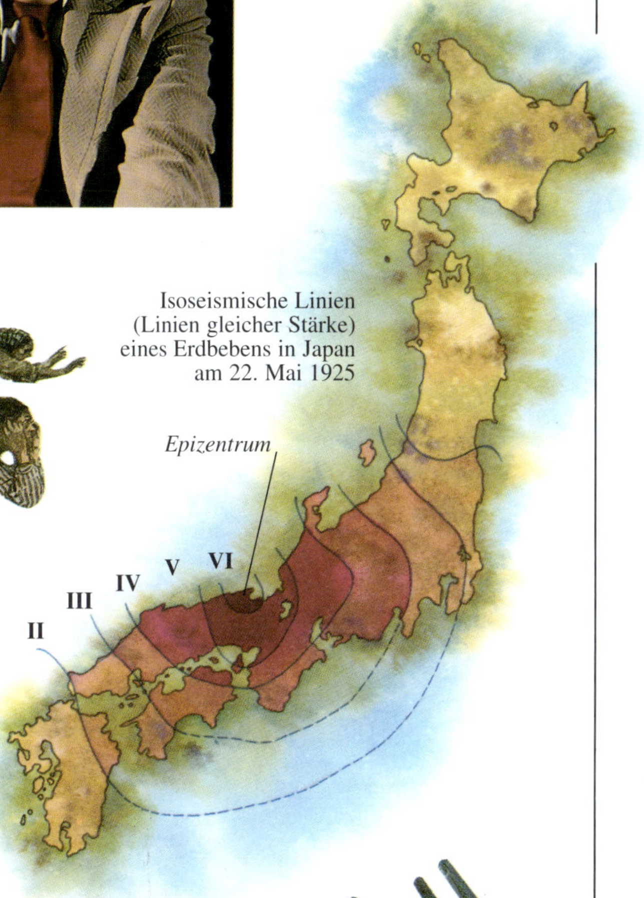

Isoseismische Linien (Linien gleicher Stärke) eines Erdbebens in Japan am 22. Mai 1925

VII Stehen ist schwierig. Mobiliar zerbricht, Gips und lockere Steine fallen herab. Wellen auf Teichen. Große Glocken läuten.

VIII Autos nicht mehr steuerbar. Schäden an Steinwänden, teilweise Einsturz. Schornsteine und Kirchtürme fallen. Veränderungen in Wasserquellen. Risse in feuchtem Boden.

IX Allgemeine Panik. Tiere rennen verstört hin und her. Schäden an Fundamenten. Nicht sicher verankerte Häuser gleiten von Fundamenten. Schlamm und Wasser quellen aus dem Boden.

X Leichte Stein- und Holzhäuser meist mitsamt Fundamenten zerstört, auch einige sehr stabile Holzbauten. Große Erdrutsche. Aus Flüssen und Kanälen wird Wasser geschleudert.

XI Bahngleise weitgehend verschoben. Unterirdische Rohrsysteme außer Funktion. Straßen unbenutzbar. Breite Risse im Boden. Erdrutsche und Steinlawinen.

XII Praktisch alle Hoch- und Tiefbauten zerstört. Die Erdoberfläche ist durch Spaltenbildung stark verändert. Flussläufe sind verändert. Wasserfälle treten auf. Bodenwellen.

Verheerende Wellen

In den Sekunden nach dem Gesteinsbruch, der die Erderschütterungen verursacht, breiten sich Erdbebenwellen in alle Richtungen aus – in Fels mit einer Geschwindigkeit von etwa 25.000 km/h, in Sand und Schlamm langsamer. In der Regel sind die Wellen am verheerendsten über dem Bruchpunkt (Erdbebenherd), der bis zu 700 km tief liegen kann. Doch wo die Wellen von Sand oder Schlamm gebremst und konzentriert werden, können sich heftige Erdstöße auch fernab vom Epizentrum (Oberflächenpunkt über dem Herd) ereignen. Zuerst kommen die schnellen P(primäre)-Wellen – Druckwellen, die wie Schallwellen ziehende und stoßende Kräfte erzeugen und das Gestein, das sie durchlaufen, kaum verzerren. Die langsameren S(sekundäre)-Wellen sind Scherungswellen, die die Gesteinspartikel rechtwinklig zur Ausbreitungsrichtung schwingen lassen. An der Erdoberfläche bilden sich L(ange)-Wellen, die horizontal schwingen oder sich wie Meereswellen ausbreiten. Sie entstehen erst in weiter Entfernung vom Epizentrum.

SEISMOGRAMM
Die Zeitverzögerung zwischen P- und S-Wellen (hier 17 Sekunden) wird zur Berechnung des Abstands zum Erdbebenherd herangezogen. Die Magnitude (hier 5,1) wird unter Berücksichtigung der Empfindlichkeit des Seismographen und seiner Entfernung zum Epizentrum anhand der höchsten P-Wellen-Amplitude berechnet.

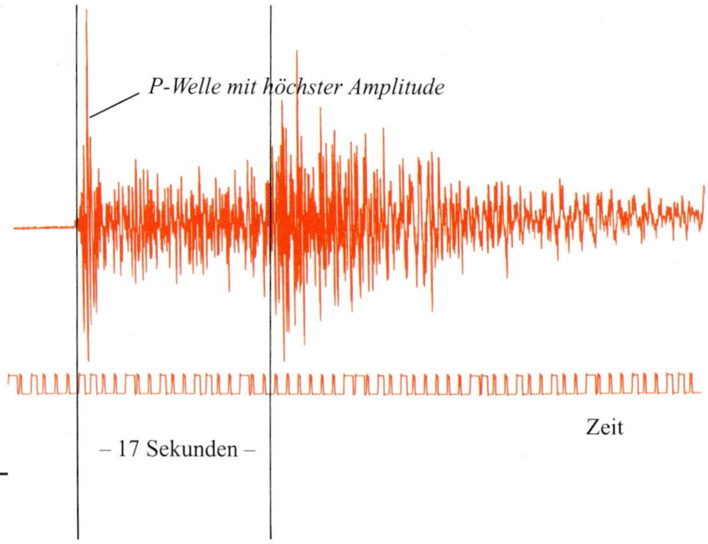

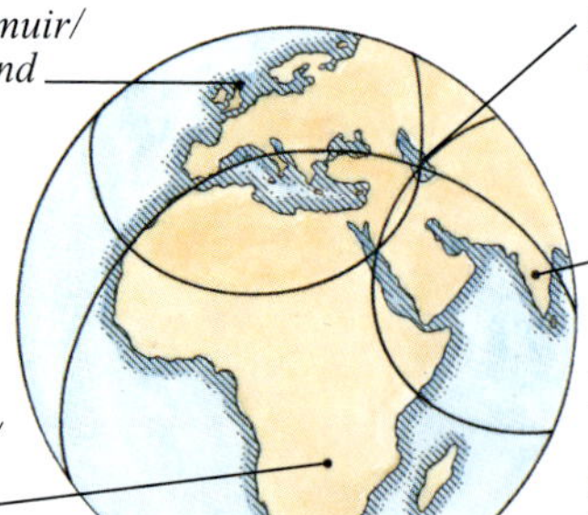

WO BEBT ES?
Am 17. September 1989 verzeichneten Seismologen in Schottland ein Beben der Stärke 6,1 auf der Richter-Skala. Sie berechneten die Entfernung und zeichneten einen Kreis mit der Entfernung als Radius auf dem Globus ein. Zwei weitere Stationen (in Afrika und Indien) taten dasselbe. Die drei Kreise schnitten sich im Kaspischen Meer, im Epizentrum des Bebens.

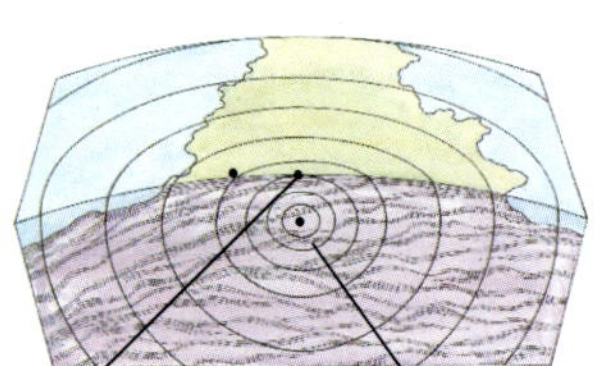

TIEFER HERD
Der Erdbebenherd – der Bereich, wo Gesteine brechen – liegt in der Regel viele Kilometer tief im Erdinneren. Auf der Erdoberfläche sind die Wellen im Epizentrum am stärksten.

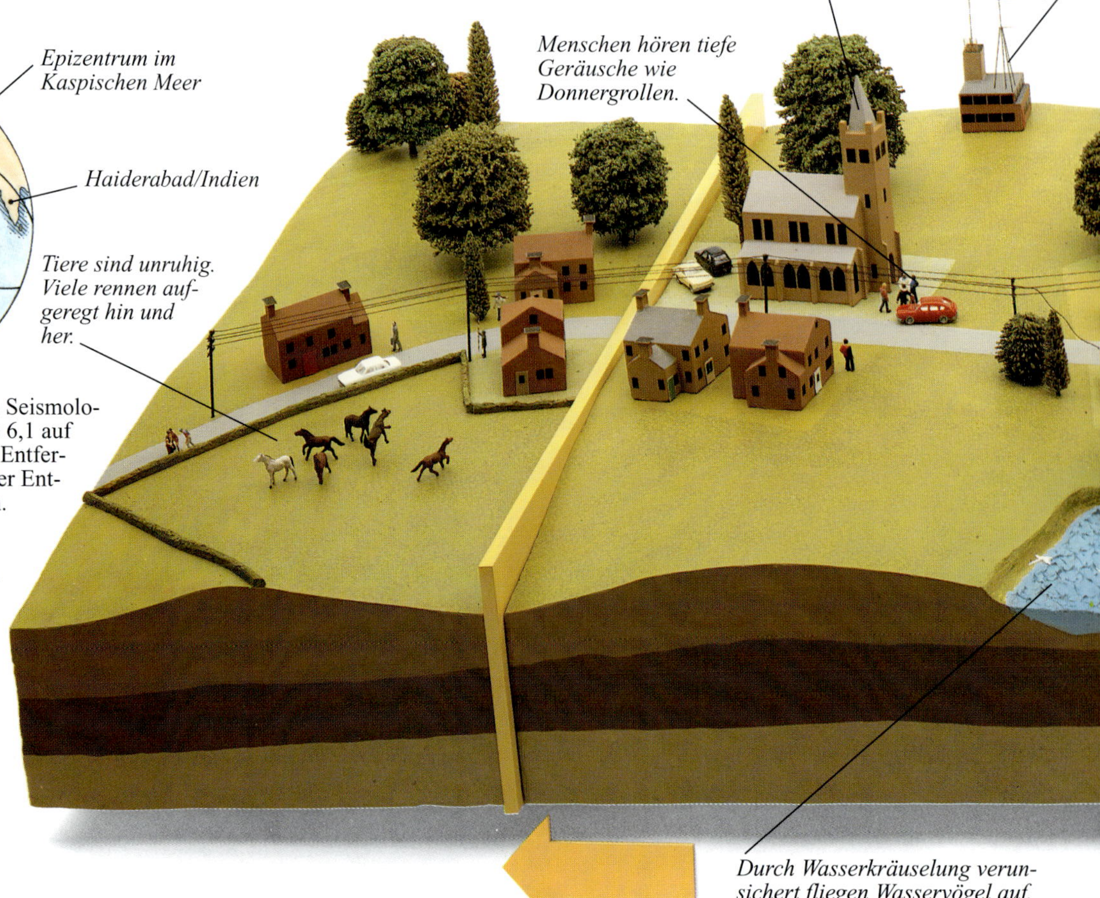

VOR DEM BEBEN
Tiere (manchmal auch Menschen) fühlen sich in den Minuten vor einem Erdbeben unwohl. Sie scheinen zu spüren, dass etwas nicht stimmt.

DIE ERSTEN WELLEN
Die ersten P-Wellen können so schwach sein, dass man sie weder hört noch fühlt.

Eine Frau zwischen den Trümmern ihres Hauses in Lice/ Türkei

IN EINER MINUTE DEM ERDBODEN GLEICH
Am 8. Februar 1843 wurde Pointe-à-Pitre auf der Karibikinsel Guadeloupe von einem Beben der Stärke 8 auf der Richter-Skala erschüttert. Es dauerte etwa eine Minute, lange genug, um den größten Teil der Stadt zusammenstürzen zu lassen. Ein nachfolgendes Feuer zerstörte den Rest.

Verlauf eines Erdbebens

Dieses Modell zeigt den Verlauf eines starken Bebens, dessen Epizentrum weit rechts außerhalb des Bildausschnitts liegt. Die schnellen P-Wellen (gelb) haben sich am weitesten fortgesetzt und treffen nun auf ein Gebiet ganz links im Bild. Die nachfolgenden langsameren S-Wellen (blau) haben verheerende Auswirkungen. Die L-Wellen (rot) haben gerade die rechte Seite des Modells erreicht, wo sie Gebäude zusammenstürzen lassen, die schon von den S-Wellen in Mitleidenschaft gezogen wurden.

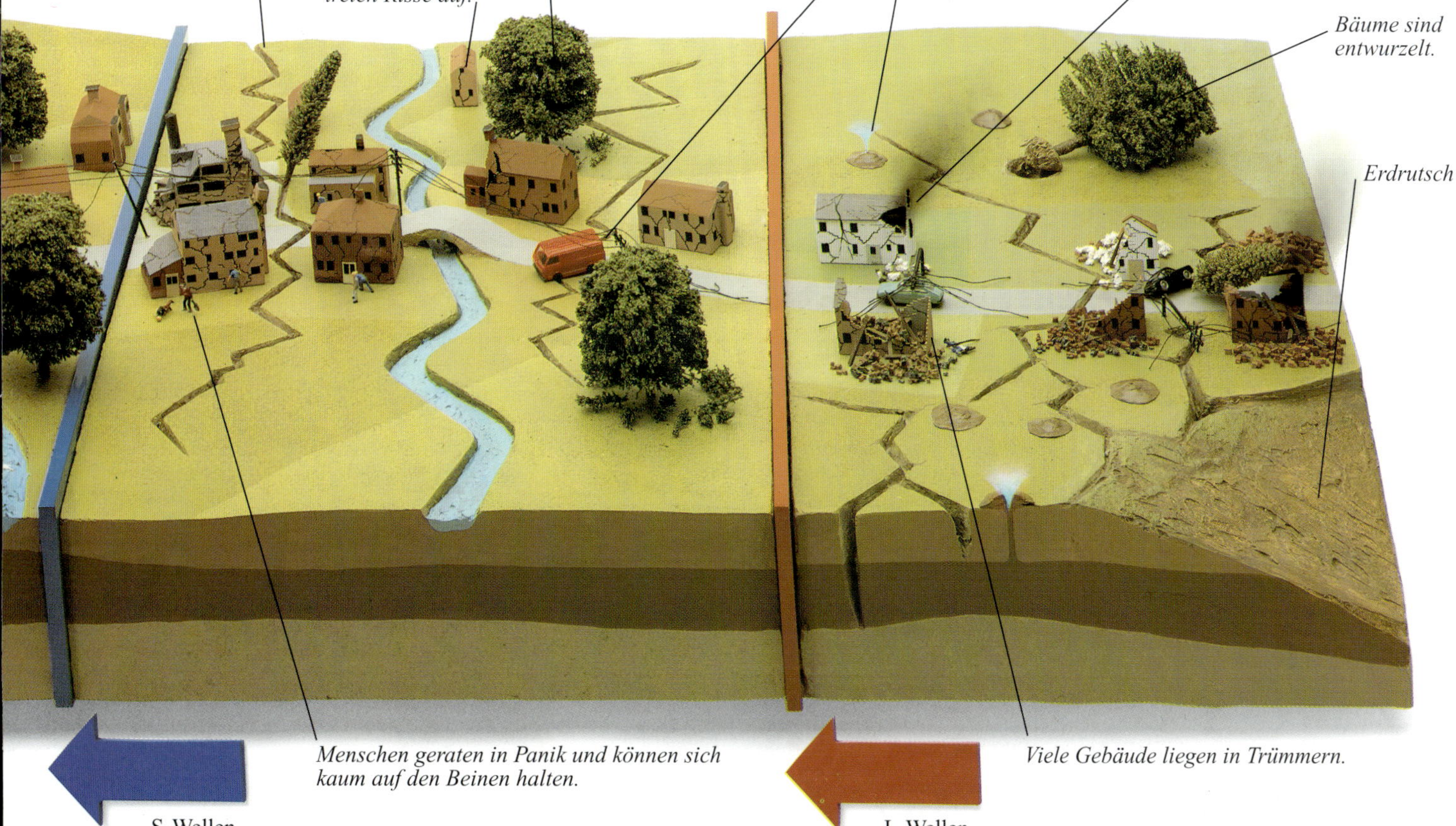

S-WELLEN SCHLAGEN ZU
Die S-Wellen folgen den P-Wellen. Sie schütteln und zerren an Gebäuden, bis diese Risse zeigen oder gar zusammenstürzen.

OBERFLÄCHENWELLEN
Manche Erdbeben bilden mächtige Oberflächenwellen, die noch weitab vom Epizentrum verheerende Verwüstungen anrichten.

Geschichte der Seismologie

Das erste Instrument, das der Feststellung von Erdbeben diente, baute der Chinese Chang Heng im 2. Jahrhundert. Sein Original-„Seismoskop“ ist nicht erhalten, doch Zeichnungen geben Aufschluss über das Funktionsprinzip des etwa 3 m hohen Bronzeinstruments. Mit Chang Hengs Messgerät ließen sich Erdbeben feststellen, die nicht spürbar waren. Außerdem konnte man erkennen, aus welcher Richtung das Beben kam. Doch erst 1856, kurz nach der Entdeckung der Elektrizität, entwickelte der Italiener Luigi Palmieri ein Gerät, das eine ständige Protokollierung der Erdbebentätigkeit ermöglichte. Sein Seismograph konnte ein Seismogramm (Aufzeichnung der Erschütterungen für die gesamte Dauer des Bebens) erstellen. Mit diesem Gerät war auch die Bestimmung der Bebenstärke möglich (S. 48–49).

DIE ERSTEN SEISMOLOGEN
Die Chinesen protokollierten schon um 780 v. Chr. Erdbeben. Im 4. Jh. v. Chr. vermutete der griechische Philosoph Aristoteles, dass Erdbeben durch instabile Dämpfe hervorgerufen würden. Erst 132 n. Chr. erfand der Chinese Chang Heng (78–139) das erste Seismoskop.

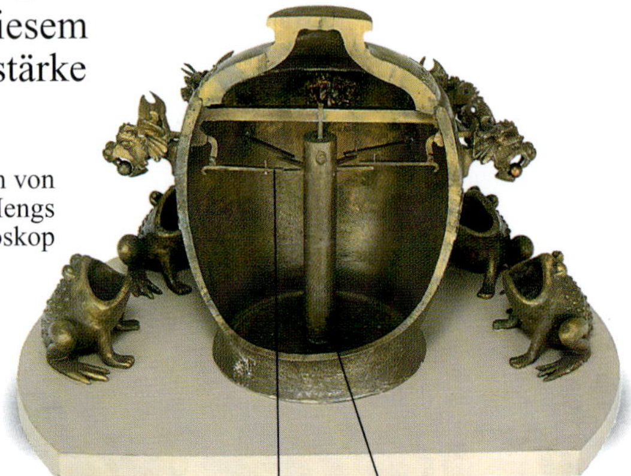

Innenleben von Chang Hengs Seismoskop

Pendel

Die Aufhängevorrichtung zieht am Maul des Drachens.

KRÖTEN UND DRACHEN
Chang Hengs Seismoskop ist ein Bronzekessel, in dessen Innerem ein schweres Pendel hängt. Während eines Bebens bewegt sich der Kessel stärker als das Pendel. Das führt dazu, dass ein oder mehrere Drachen ihre Mäuler öffnen. Die darin befindlichen Bronzekugeln fallen in die aufgerissenen Mäuler der darunter sitzenden Kröten.

Kugel im Drachenmaul

Die Kröte, die am weitesten vom Epizentrum entfernt sitzt, fängt die herabfallende Kugel auf. Dadurch lässt sich die Richtung des Bebens bestimmen.

Die Uhr beginnt beim Einsetzen des Bebens zu ticken. Steht sie auf 3.00 Uhr, wenn man sie findet, begann das Beben drei Stunden vorher.

Schweres Pendelgewicht

Die Glöckchen läuten bei den ersten Erschütterungen.

Der Bleistift zeichnet eine Spur auf das Papier.

WENN DIE STUNDE SCHLÄGT
Nachbildung eines Seismoskops des italienischen Naturforschers und Uhrmachers Ascanio Filomarino von 1795: Sobald die Erde bebte, stand das Pendel still. Alles andere an diesem Apparat aber wackelte, sodass die Glocken erklangen und die Uhr tickte. Filomarino wurde am Vesuv von einer aufgebrachten Menge ermordet, die seine seismologischen Versuche für Teufelswerk hielt.

Die Uhr bleibt stehen, wenn das Beben beginnt.

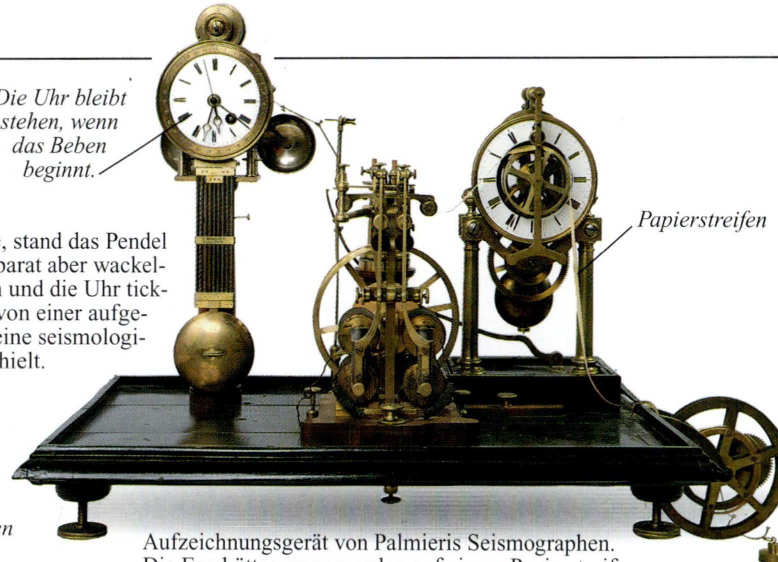

Papierstreifen

Aufzeichnungsgerät von Palmieris Seismographen. Die Erschütterungen werden auf einem Papierstreifen aufgezeichnet.

Vier quecksilbergefüllte U-Rohre stehen mit Platindraht knapp über dem flüssigen Metall in Verbindung.

Die elfenbeinernen Rollen bewegen sich nur in eine Richtung. Sie halten den höchsten Ausschlag fest.

Der Draht des Pendels hält die Richtung der Erschütterung fest.

Die Feder springt beim Beben auf und ab.

Der Stromkreis wird geschlossen, sobald die Platinspitze in das Quecksilbergefäß taucht.

PALMIERIS SEISMOGRAPH
Luigi Palmieri (1807–1896) baute den ersten Seismographen. Das abgebildete Original von 1856 besteht aus einem „Erdbebenfühler" (rechts) mit Quecksilberröhren und einem kleineren Gerät zur Aufzeichnung (oben rechts). Mit diesem Apparat stellte Palmieri fest, dass größeren Erdbeben häufig schwächere Erschütterungen vorausgehen und Vulkanausbrüche von Beben begleitet werden.

VESUV-WARTE
Palmieri entwickelte seinen Apparat, als er Leiter der Beobachtungsstation am Krater des Vesuvs war.

Pendelgewicht

LUIGI PALMIERI
Bei Studien zum Vesuv-Ausbruch von 1855 erkannte Palmieri, dass ein Instrument, das schon geringe Erderschütterungen messen kann, für die Eruptionsvorhersage nützlich wäre, und entwickelte diesen elektromagnetischen Apparat.

Hier wird die maximale Wellengröße aufgezeichnet.

Fortsetzung auf der nächsten Seite

Fortsetzung von Seite 53

TOKIO 1923
Das Foto zeigt Tokio nach dem Erdbeben von 1923. Häuser aus Holz und Pappe wurden von umgefallenen Herden in Brand gesetzt. Im Feuer starben mindestens 200.000 Menschen.

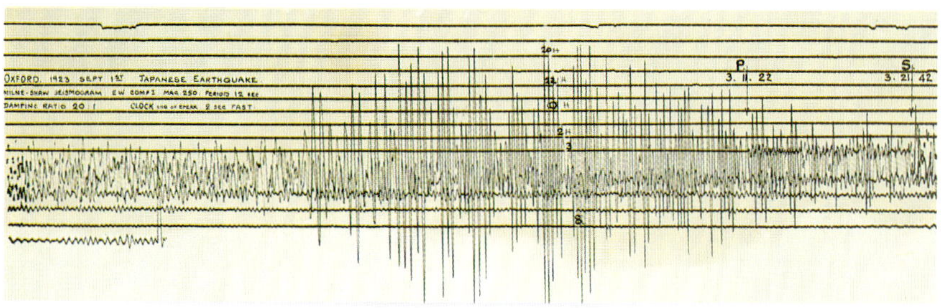

Seismogramm des Erdbebens von Tokio 1923, aufgenommen vom Gray-Milne-Seismographen in Oxford/England

JOHN MILNE
Der englische Geologe John Milne (1850–1913) lehrte 20 Jahre in Japan Geologie. Später trieb er die Errichtung eines erdumspannenden Netzes von Erdbebenwarten voran.

Seismographen

Geräte, mit denen man Erderschütterungen aufzeichnen kann, nennt man Seismographen; die Aufzeichnungen nennt man Seismogramme. Seismographen enthalten ein Seismometer (Messgerät), das im Prinzip wie das Seismoskop Chang Hengs arbeitet: Ein schweres Pendel wird vom Beben weniger stark in Bewegung versetzt als die Umgebung.

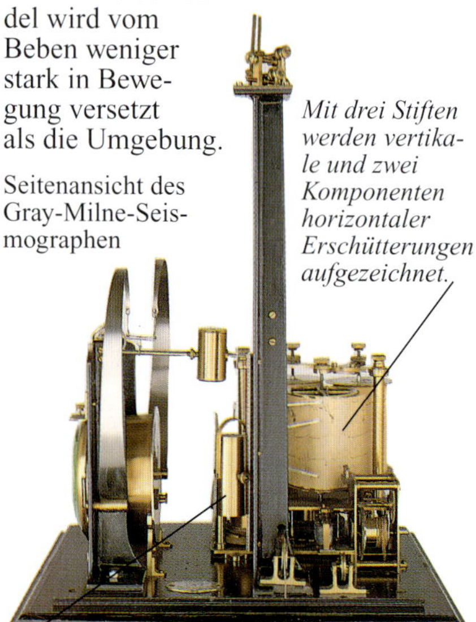

Seitenansicht des Gray-Milne-Seismographen

Mit drei Stiften werden vertikale und zwei Komponenten horizontaler Erschütterungen aufgezeichnet.

Eines von zwei Pendeln, die horizontale Erschütterungen registrieren

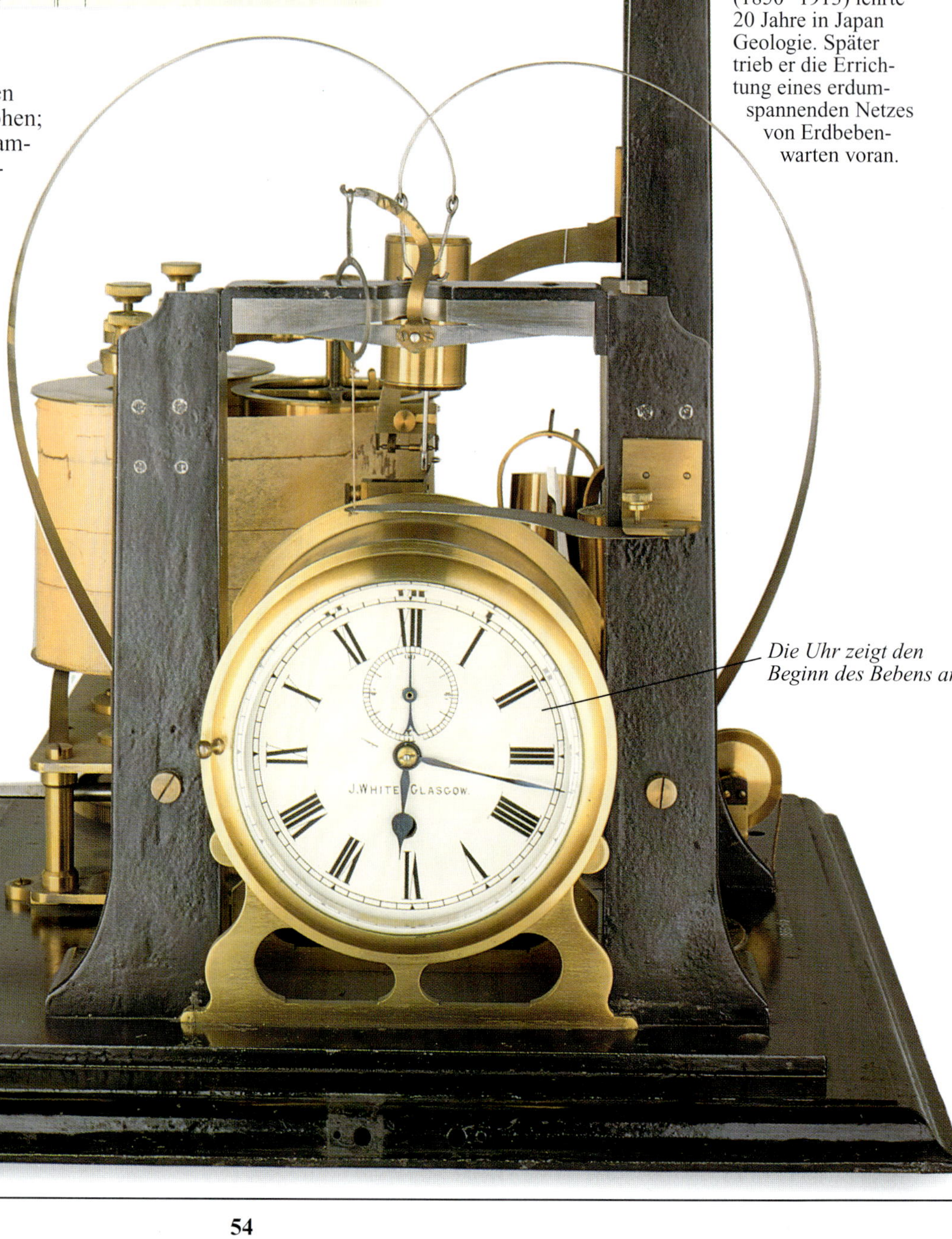

Die Uhr zeigt den Beginn des Bebens an.

BEBEN RUND UM DIE UHR
Dieser Seismograph wurde 1885 von Thomas Gray und John Milne für den Dauergebrauch entwickelt. Er hatte drei Pendel und drei Stifte zur Aufzeichnung der drei Komponenten der Erderschütterung: Vertikale, Ost-West-Horizontale und Nord-Süd-Horizontale.

EIN MODERNES OBSERVATORIUM
In der neuen Erdbebenwarte am Vesuv werden die Messungen mehrerer Seismometer auf großen Papierrollen aufgezeichnet. Die meisten modernen Observatorien stellen ihre Messgeräte an abgelegenen Orten oder in tiefen Bohrlöchern auf, damit es nicht zu Fehlausschlägen durch Autos, Züge, Bergbau usw. kommt. Die Daten werden per Funk oder Telefon zu Aufzeichnungszentren übermittelt. Moderne Seismographen zeichnen auf Magnetbändern auf, die eine Datenauswertung durch den Computer ermöglichen.

TRAGBAR
Mit tragbaren Seismometern überwacht man Nachbeben und Vulkanausbrüche. Mit solchen Geräten wurde auch nachgewiesen, dass die Katastrophe vom Nyos-See (S. 20) nicht von einem Erdbeben verursacht wurde.

MONDBEBEN
Die amerikanischen Mondfahrer stellten auf dem Erdtrabanten Seismometer auf. Viele Mondbeben werden von Meteoriten hervorgerufen, andere scheinen dann aufzutreten, wenn Mond und Erde sich sehr nahe kommen.

In dem Behälter befindet sich ein umgekehrt aufgehängtes Pendel.

Die Papiertrommel dreht sich zwischen den Erdbeben nur langsam. Sobald das Beben beginnt, erhöht sich automatisch die Laufgeschwindigkeit, das Papier läuft schneller durch.

Kurbel zum Aufziehen des Gewichts, das die Trommel dreht

Das Gewicht treibt die Papiertrommel an (wie ein mechanisches Uhrwerk eine Uhr).

Ein Dämpfersystem gewährleistet, dass jede Stoßwelle nur einmal aufgezeichnet wird.

Rußpapier-Seismogramm

An diesem Arm hängen die Pendel.

VERRAUCHT
Die alten Seismographen, von denen viele heute noch benutzt werden, kratzen ihre Daten auf berußtes Papier. Dadurch vermeidet man Probleme, z. B. dass die Tinte ausgeht oder geliert. Die Rußschicht besteht aus Kohlepartikeln, die man beim Verbrennen von Öl erhält.

SCHWERGEWICHT
Dieser Seismograph aus dem Jahre 1908 ist eine Erfindung des Deutschen Emil Wiechert (1861–1928). Mit 200 kg Masse werden die beiden horizontalen Komponenten der Erderschütterungen gemessen. Die vertikalen Erschütterungen werden mit einem kleineren Zusatzgerät aufgenommen. Die Pendel hängen verkehrt herum und sind dadurch empfindlicher. Im schwedischen Uppsala arbeitet ein noch größeres Wiechert-Instrument schon seit 1904.

Schlammlawinen und Flutwellen

Die Schrecken eines Erdbebens oder Vulkanausbruchs haben oft ein noch grausigeres Nachspiel. Nach Ascheneruptionen kann die Asche, die sich am Kraterrand auftürmt, zusammensacken und einen Teil des Berges mit sich talwärts reißen. Heftige Regenfälle verschlimmern die Katastrophe häufig noch, indem sie die Aschen- und Gesteinsmassen in eine Schlammflut verwandeln. Im Gebirge können Erdbeben und Vulkanausbrüche Lawinen auslösen; untermeerische Beben und Eruptionen verursachen oft gewaltige Flutwellen, für die sich die japanische Bezeichnung „Tsunami" („große Woge im Hafen") als Fachbegriff eingebürgert hat. „Tsunamis" können weit über den Ozean wandern, bis sie sich schließlich mit verheerender Gewalt auf eine Küste stürzen.

WEGGESPÜLT
Die Aschenausbrüche des Pinatubo (S. 17) wurden von Schlammlawinen begleitet, die Straßen, Brücken und mehrere Dörfer mit sich rissen. Sintflutartige Regenfälle hatten die Asche in dicken Schlamm verwandelt.

Blick auf die Schlammfluten in Armero (1985)

IM SCHLAMM BEGRABEN
Im November 1985 spie der Vulkan Ruiz in Kolumbien/Südamerika Asche und Bims auf die Schneefelder und Gletscher seiner Gipfel. Dadurch schmolz ein Teil des Schnees, durchfeuchtete die Asche und verwandelte sie in eine Schlammlawine. Der zähe Schlamm stürzte mit bis zu 35 km/h den Lagunillas-Cañon hinab. Die Stadt Armero am Ausgang der Schlucht wurde von der herandonnernden Schlammlawine völlig zerstört. Etwa 22.000 Menschen wurden lebendig unter den Schlamm- und Geröllmassen begraben. Überlebt hat nur, wer sich am Rande der Lawine befand.

Im Schlamm festsitzender LKW bei Armero

VERLASSENE STADT
Nach größeren Zerstörungen durch ein Erdbeben 1983 verließen die Menschen einen Teil der Stadt Poluzzi. Seither hat sich der Ort um einige Meter gehoben, sodass man den Hafen ein paar Meter weiter unten neu anlegen musste. Grund für diese Störungen ist wahrscheinlich Magma, das unter der Stadt entlangfließt.

WENN DER RIESE ZUM ZWERG WIRD
Die japanischen Küsten werden häufig von „Tsunamis" heimgesucht. *Die große Woge* des Malers Katsushika Hokusai (1760–1849) lässt den 3776 m hohen Fudschijama im Hintergrund winzig erscheinen.

ANCHORAGE
Eines der stärksten je aufgezeichneten Beben erschütterte am 27. März 1964 Alaska. Das Beben der Stärke 8,2 auf der Richter-Skala dauerte vier Minuten. Es bewirkte, dass eine Gesteinsschicht unter den Meeresklippen der Turnagain Heights sich verflüssigte. Die Häuser eines gutbürgerlichen Stadtteils von Anchorage, die sich über dieser Schicht befanden, begannen zu schwanken, als wären sie auf Wackelpudding gebaut, und versackten z. T. im Boden, als sich die flüssige Schicht unter ihnen ins Meer ergoss.

KRAKATAU
Nach der Explosion der Vulkaninsel Krakatau (1883) überrollten bis zu 30 m hohe Wellen die Nachbarinseln. Auf Sumatra und Java wurden ganze Dörfer überflutet. 36.000 Menschen kamen ums Leben.

KAMPF DEM FEUER
Nach dem Erdbeben in San Francisco (1989, S. 7) versucht die Feuerwehr Brände einzudämmen. Wenn durch ein Beben Gasleitungen beschädigt oder leicht entflammbare Flüssigkeiten ausgeflossen sind, genügt der kleinste Funke, um einen Großbrand zu entfachen. Da meist auch die Wasserleitungen Schaden genommen haben, sind die Brände besonders schwer in den Griff zu bekommen.

SCHNEELAWINE
Erdbeben bringen oft Lawinengefahr. 1970 löste ein Beben der Stärke 7,7 auf der Richter-Skala vor der Küste Perus eine gewaltige Lawine aus Schnee und Gestein aus, die 4000 m tief ins Tal hinabstürzte und 50.000 Menschen tötete.

Retter im Einsatz

Das Chaos nach einem Erdbeben oder Vulkanausbruch macht Rettungsmaßnahmen schwierig und gefährlich. In den wenigen Sekunden des Bebens kommen oft viele Menschen durch herabfallende Trümmer von Häusern ums Leben. Weit mehr sterben in den Stunden danach an ihren Verletzungen. Im Wettlauf mit der Zeit versuchen die Rettungsmannschaften, unter Trümmern begrabene Überlebende zu finden und zu bergen. Oft ist es schwer, jemanden zu retten ohne andere zu gefährden. Beschädigte Häuser können jeden Moment ganz zusammenbrechen; ständig besteht Brand- und Explosionsgefahr. Bei Aschen- oder Schlammlawinen weiß man nie, wann die nächste kommt. Erschwerend wirken sich auch die Beschädigungen der Telefonverbindungen, Störungen im Funkverkehr und der Zusammenbruch von Strom-, Gas- und Wasserversorgung aus.

RETTUNG IN LETZTER MINUTE
Mit einem Hubschrauber wird ein Überlebender aus dem Schlamm gezogen (Armero/Kolumbien, 1985).

GERETTET!
Ein Bewusstloser wird aus den Schlammfluten von Armero geborgen. Noch 60 km vom Vulkan entfernt war der Schlamm so heiß, dass bei den Überlebenden Verbrennungen behandelt werden mussten.

Anzeige für die Tiefe der Strahlungsquelle

Die teure Kamera hängt man sich um den Hals, damit sie nicht in die Trümmer fällt.

LEBENSZEICHEN WÄRME
Überlebende sind oft verwundet oder bewusstlos unter Trümmern begraben. Solch eine Infrarotkamera nimmt die Wärme wahr, die lebende Körper abgeben. Die Schwierigkeit dabei ist nur, menschliche Körper von Dingen zu unterscheiden, die auch Wärme abgeben. Am einfachsten ist das am frühen Morgen, wenn die Hintergrundwärme am geringsten ist.

WELTWEITER EINSATZ
Die für die Handhabung von Infrarotkameras ausgebildeten Spezialisten des Londoner Katastrophenschutzes werden in aller Welt eingesetzt. Hier sucht einer von ihnen nach dem Erdbeben 1990 im Iran nach Überlebenden.

Kopfhörer schirmen Nebengeräusche ab, sodass menschliche Geräusche in den Trümmern zu hören sind.

SUCHGERÄT
Nach dem Erdbeben in Armenien 1988 benutzte man einen solchen Geräuschdetektor. Tausende von Menschen waren unter den Trümmern mehrstöckiger Gebäude begraben. Einige von ihnen konnten mit diesem Gerät ausfindig gemacht werden. Es reagiert auf Vibrationen.

Über das Mikrophon kann der Retter mit eingeschlossenen Menschen sprechen.

Die rote Zwei-Wege-Elektrode ermöglicht die Verständigung zwischen Retter und Eingeschlossenen.

Die gelbe Einweg-Elektrode spürt Vibrationen auf.

Dieses Bild aus einer italienischen Zeitung von 1906 zeigt die Rettung eines Jungen aus den Trümmern eines Hauses.

MEXIKO
Brände nach dem Erdbeben in Mexiko City 1985: Tausende starben, aber noch mehr Menschen wurden noch Tage nach dem Unglück geborgen.

SPÜRNASE
Neben technischem Gerät spielen Suchhunde eine wesentliche Rolle bei der Bergung von Überlebenden. Nachbeben sind eine große Gefahr. Sollte ein Nachbeben noch stehende Teile von halbverfallenen Gebäuden zum Einsturz bringen, müssen unter Umständen auch die Retter gerettet werden.

Katastrophenschutz

Mit der Zunahme der Erdbevölkerung leben immer mehr Menschen in Gefahrenzonen entlang der Ränder tektonischer Platten oder in der Nähe tätiger Vulkane. Deshalb haben Erdbeben oder Vulkanausbrüche häufig Auswirkungen auf das Leben vieler Menschen. Es gibt Tote, Verletzte und Heimatlose, Ackerland wird zerstört, Hungersnöte und Krankheiten greifen um sich. Wir werden Naturkatastrophen nie ganz vermeiden können, doch unser wachsendes Wissen über den Planeten, auf dem wir leben, versetzt uns in die Lage durch vernünftige Planung das Ausmaß des Schreckens zu verringern. Das Leben in gefährdeten Gebieten erfordert die ständige Überwachung von Vulkanen und tektonischen Randzonen sowie erdbebensichere Gebäude. Damit jeder weiß, was er im Ernstfall tun muss, ist eine Schulung der Bevölkerung notwendig.

Italienische Broschüren zum Thema Naturkatastrophen-Begrenzung

STANDHAFTE STÄDTE
Viele moderne Großstädte liegen in Erdbebengebieten. Eine Maßnahme zur Gefahrenverringerung sind erdbebensichere Häuser. Von der 48 Stockwerke hohen Transamerica-Pyramide in San Francisco behaupten die Architekten, dass sie die schwersten Beben übersteht. Die Strebenbauten am Grund des Hochhauses sollen Schwankungen um ein Drittel verringern.

SCHATTENSEITE
Knapp 2000 Jahre nach dem größten Vesuv-Ausbruch leben heute über 2 Mio. Menschen im Schatten des Vulkans. Hier sieht man das neue Herculaneum, eine blühende Stadt am Rande der Ruinen der alten Römerstadt.

FRANK LLOYD WRIGHT
Das von diesem amerikanischen Architekten erbaute Imperial-Hotel in Tokio überstand das Beben von 1923 fast unbeschadet.

WACKELTEST
Mit diesem japanischen Erschütterungstisch testete man 1923 die Stabilität von Gebäuden. Heute gibt es dafür Computersimulationen.

LASERTEST
Parkfield im Zentrum von Kalifornien liegt auf der Sankt-Andreas-Spalte. Ein Laser-Messsystem überwacht Bewegungen entlang der Spalte. Der Laser wirft von einem Hügel in Parkfield aus Licht von einem Netz von Detektoren zurück, die einige Kilometer entfernt auf der anderen Seite der Spalte liegen. Er kann so Erdverschiebungen von weniger als 1 mm auf 6 km feststellen.

BODENKRIECHEN
Ein Vermessungstechniker steigt aus einem Messgerät für Gekriech (winzige Bodenverschiebungen). Gekriech baut Spannungen entlang der Spalte ab, ohne zu messbaren Erschütterungen zu führen.

AUS SCHADEN KLUG WERDEN
Erdbeben gleicher Stärke kehren am selben Ort meist in regelmäßigen Abständen wieder. Das Studium starker Beben – hier von Pompeji im Jahre 62 – kann den Wissenschaftlern bei der Vorhersage des nächsten größeren Bebens helfen.

IM STEINHAGEL
Bei dieser Erdbebenübung versorgen Rettungsleute Schauspieler, die von herabfallenden Steinen „getroffen“ wurden. Beim Erdbeben von 1989 wurden in San Francisco viele Menschen von herabfallenden Steinen verletzt. Erdbebensichere Architektur könnte das verhindern.

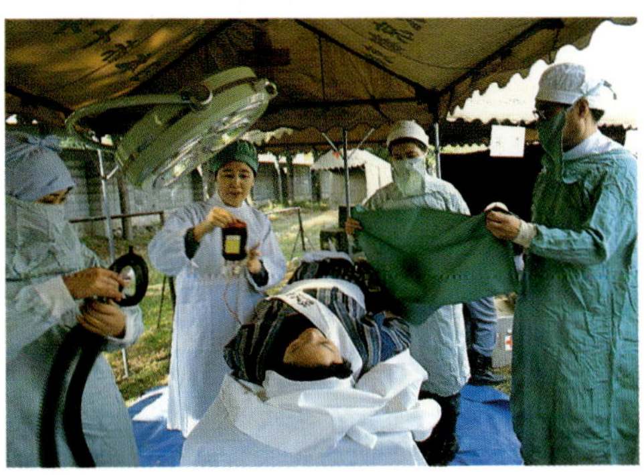

Erdbebenrettungsübung in Japan

ERDBEBENÜBUNG
In Japan und Kalifornien gehören Erdbebenübungen zum Alltag. Schon die Kinder haben feste Schuhe und eine Taschenlampe neben dem Bett, damit sie sich auch nachts in Sicherheit bringen können. Viele Menschen rennen nach draußen, werden dort aber von herabfallenden Gebäudeteilen verletzt. Der sicherste Platz im Haus ist unter einem stabilen Möbelstück (z.B. ein Tisch) oder unter einem Türsturz.

Mit Gebeten und Kreuzen versuchten Christen 1906, dem Vesuv-Ausbruch Einhalt zu gebieten.

Zorn der Götter

Seit Menschen auf der Erde leben, haben sie nach Erklärungen für Naturkatastrophen wie Vulkanausbrüche und Erdbeben gesucht. Mythen versuchen die schrecklichen und doch so beeindruckenden Ereignisse zu deuten. In vielen Teilen der Welt sind Mythen und Legenden die einzigen geschichtlichen Zeugnisse eines Volkes. Häufig werden diese Mythen nur mündlich weitergegeben oder sind erst in jüngster Zeit schriftlich festgehalten worden. Hinter der dichterischen Symbolik und den religiösen Deutungen stehen oftmals tatsächliche Ereignisse oder Orte. Die meisten Völker sehen Naturereignisse als Wirken eines oder mehrerer Götter an. Die Erde wird oft zu einem fühlenden Wesen. Wenn die Götter zornig sind, strafen sie die Menschen mit dem Feuer eines Vulkanausbruchs oder dem Beben der Erde. Die Menschen reagieren mit Opfern, die die Götter besänftigen sollen. Feuer speiende Vulkane gelten oft als Schmiede eines Gottes (S. 36). Der Wohnsitz vieler Götter wird auf den Gipfeln von Vulkanen angesiedelt, die manchmal von Feuerregen und Dampfwolken verhüllt – unnahbar – sind.

MENSCHENOPFER
Bei den Chorotegen in Nicaragua wurden die schönsten Jungfrauen in den Lavasee des Masaya geworfen, um die darin wohnende Göttin friedlich zu stimmen.

POPOCATEPETL
Diese aztekische Darstellung zeigt den 5452 m hohen Popocatepetl (aztekisch für „rauchender Berg“) in Mexiko. Einen gewaltigen Ausbruch in den 1520er-Jahren betrachteten die Azteken als Strafe der Götter, die über die Plünderung ihrer Tempel durch die spanischen Eroberer erbost waren.

Lavasee

WELTHALTER
In vielen Kulturen glaubten die Menschen, dass der Boden, auf dem sie standen, von einem gewaltigen Wesen getragen werde. Bei den alten Griechen und Römern war es Atlas (S. 10), bei den Mongolen ein riesiger Frosch. Wenn das Tier unter seiner gewaltigen Last strauchelte, erbebte die Erde. Ein alter Hindumythos besagt, die Erde sitze auf dem Rücken von acht Elefanten.

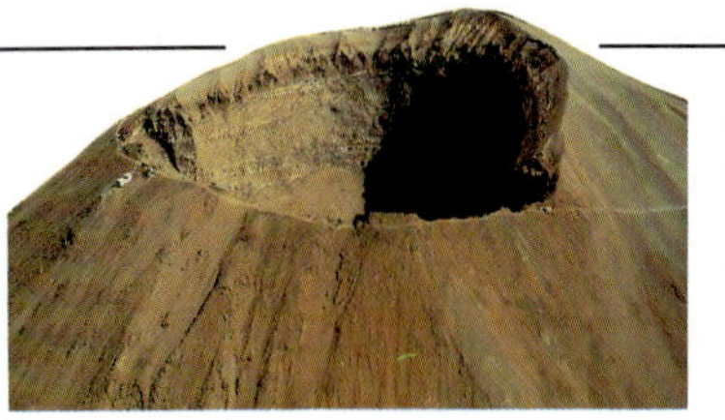

EINÄUGIGER RIESE
Diese Luftaufnahme zeigt den Vesuv. Von oben gesehen erinnern solche Krater an riesige Augen. Vielleicht rührt daher der griechische Mythos von den Zyklopen, den einäugigen Riesen, die dem Feuergott Hephaistos in seiner Schmiede zur Hand gingen (unten und S. 36) und die, wenn sie wütend waren, mit Feuer und Steinen warfen.

Die Zerstörung von Sodom und Gomorrha (Gemälde eines unbekannten flämischen Malers)

GÖTTERSTÖSSE
Wenn der griechische Meeresgott Poseidon (bei den Römern Neptun) wütend war, stieß er seinen Dreizack in den Meeresboden. So entstanden Erdbeben und „Tsunamis" (S. 56–57).

SODOM UND GOMORRHA
Die Bibel erzählt, dass Gott diese Städte mit Wasser und Feuer vernichtet habe, weil ihr lasterhafter Lebenswandel ihn erzürnte. Wahrscheinlich wurden sie durch eine Naturkatastrophe zerstört.

Bronzefigur des Hephaistos (1. oder 2. Jh. v. Chr.)

HERR DES FEUERS
Die Schmiede des Gottes Hephaistos lag unter Vulkanen (S. 36). Ein anderer Gott, Prometheus, stahl dem Hephaistos das Feuer und gab es den Sterblichen – eine Erklärung für die Entdeckung des Feuers durch den Menschen.

WENN DIE GÖTTER AUS DEM HAUS SIND ...
Nach einem japanischen Mythos werden Erdbeben durch Bewegungen eines riesigen Welses hervorgerufen. Normalerweise halten die Götter das Tier ruhig, indem sie es mit einem riesigen Felsen auf den Boden bannen. Doch im Oktober, wenn sie nicht da sind, kann sich der Fisch losreißen. Dieser Holzschnitt zeigt die Rückkehr der Götter zu den Ruinen von Edo (heute Tokio) nach einem großen Beben im Oktober 1885.

THRON DER GÖTTER
Der Berg Fudschi gilt als Sitz des Gottes Kunitokotache und Fudschijama, der heilige Geist des Berges, als Schutzgeist des japanischen Volkes. Die Legende erzählt, dass den Berg nur erklimmen kann, wer reinen Geistes ist. Jedes Jahr wagen viele tausend Menschen den Aufstieg.

Register

A

B, C

D, E

F, G

H

I, J

K

L

M

N, O

P

R

S

T, U

V, W

Z

Bildnachweis

r = rechts, l = links, o = oben, m = Mitte, u = unten

Ancient Art & Architecture Collection: 47o; Art Directors Library: 47om, 49om; B.F.I.: 46mr, 57mr; Bridgeman Art Library: 6ol & m; Musée des Beaux-Arts, Lille: 44ol, 44or; British Museum: 27or & m; Herge/Casterman: 20ol; Dr. Joe Cann, Universität Leeds: 25um; Jean-Loup Charmet: 27ul, 31ol, 46ul, 51ol; Circus World Museum, Baraboo, Wisconsin: 32ur; Eric Crichton: 41or, 41ul; Culver Pictures Inc: 60ur; Institut für Erdbebenforschung, Universität Tokio: 63mr; Edimedia/Russisches Museum, St. Petersburg: 28ml; E.T. Archive: 49m, 58or, 62ol; Mary Evans Picture Library: 8om, 16ol, 26ol, 27ur, 28mr, 46ol; Le Figaro Magazin/Philippe Bourseiller: 19o, 19ml, 19ur, 35or; Fiorepress: 49ur; Gallimard: 44or; G.S.F.: 13ol, 14ul; Frank Fitch: 20m; John Guest c. NASA: 44ul; Robert Harding Picture Library: 12ol, 14or, 15mr, 17or, 17mr, 20or, 21ur, 63ur, 24ol, 38ur, 39ur, 40or, 42m, 43ur, 48ur, 49ul, 51or, 60lm, 62ul, 62–63m; Bruce C. Heezen & Marie Tharp, 1977/c. Marie Tharp: 11m; Historical Pictures Inc: 10mr; Michael Holford: 22or; Illustrated London News: 60ul; Frank Lane Picture Agency: 23umo, 23m;/S. Jonasson: 41om, 49mr;/ S.McCutcheon: 57m; Archiv Larousse-Giraudon: 32ul; London Fire Brigade/LFCDA: 58ul; Mansell Collection: 31or; N.A.S.A.: 24um, 55mr; National History Museum: 34ol; National Maritime Museum: 8ol; Orion Press: 7or, 61ul; Oxdors Scientific Films/Kim Westerkov: 11ul, 15ol; Planet Earth Pictures/Franz J. Camenzind: 7mr;/ D. Weisel: 17ur;/ James D. Watt: 23rmu; Robert Hessler: 25or, 25lm; Popperfoto: 6u, 11or, 54ol; R.C.S. Rizzoli: 48lm; Gary Rosenquist: 14ol, 14ur, 15or, 15ur; Scala: 7m, 49ul;/ Louvre: 63or; Science Photo Library/ Earth Satelite Corp.:7ol;/ Peter Menzel: 7ur;/ David Parker: 13ur;/ Inst Oceanographic Sciences: 24m;/ Matthew Shipp: 24ul;/ NASA: 35m, 43mr, 44mr, 44m, 44-45u;/ U.S.G.S.: 45or;/ Peter Menzel: 46ol;/ Peter Ryan: 55or;/ David Parker: 61ol, 61or; Frank Spooner Pictures: 8ml, 16mr, 17ol, 22ul, 23or, 23ur, 35or, 42ml, 47ml, 49ml, 56ol, 56m, 56ul, 57ul, 58ol, 59or, 59ul, 59ur, 61lmu; Syndication International: 31mr;/ Inst. Geological Science: 32om, 35ur, 41ol, 47ur;/ Daily Mirror: 54or, 57or; Susanna van Rose: 39ul; Woods Hole Oceanographic Institute/ Rod Catanach: 24ur;/ Dudley Foster: 25ul;/ J. Frederick Grassle: 25om;/ Robert Hessler: 25ol; ZEFA: 9ol, 21o, 34ul, 45ur, 57ur.

Illustrationen: John Woodcock
Karten: Sallie Alane Reason
Modelle: David Donkin (S. 8–9, 50–51) & Edward Laurence Associates (S. 12–13)

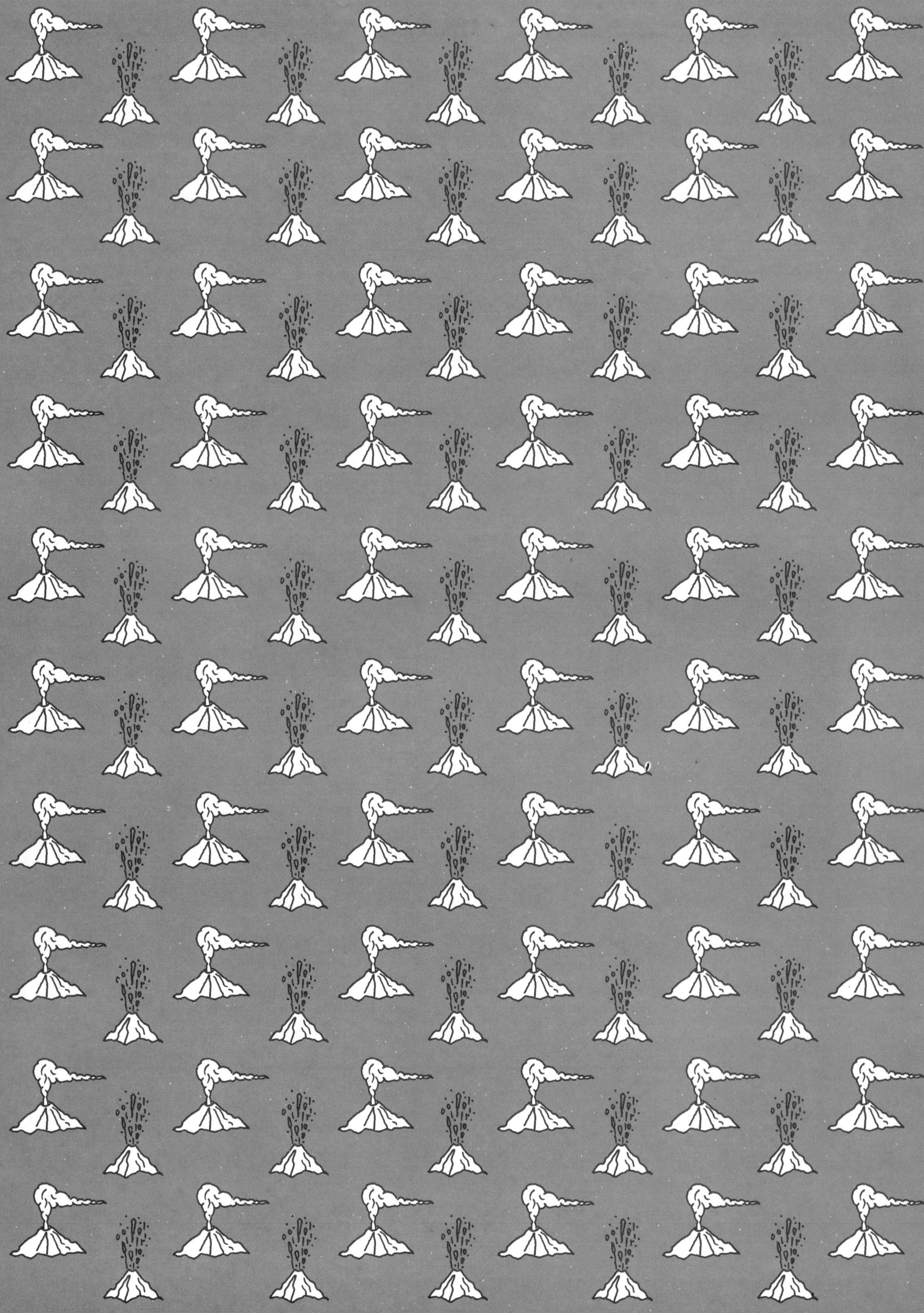